EXTRAIT

DE L'ENCYCLOPÉDIE DU XIXe SIÈCLE.

COMMUNES.

1846

EXTRAIT

DE L'ENCYCLOPÉDIE DU XIXE SIÈCLE.

COMMUNES. — Dans les premiers siècles des monarchies barbares qui furent fondées sur les ruines de l'empire romain, toutes les classes de la population qui étaient vouées aux travaux agricoles et industriels restèrent condamnées à un abaissement presque aussi complet que dans l'antiquité païenne. Chez des peuples qui n'avaient d'autre but national que la guerre, la société s'était naturellement organisée à l'image d'un camp, et les guerriers y avaient pris la première place. Auprès d'eux, et sur le même rang, ne se trouvaient que les prêtres, dont l'influence civilisatrice adoucissait peu à peu la férocité des mœurs, et faisait souvent tourner au profit de la chrétienté le turbulent courage des soldats. Le plus illustre représentant de cette époque, Charlemagne, ne réunit jamais autour de lui, dans ses parlements annuels, que les chefs du sacerdoce et de l'armée. Mais arrivèrent les grands jours du moyen âge; la féodalité s'était définitivement constituée; les diverses populations qui, dans les temps antérieurs, avaient vécu sur un même sol plutôt juxtaposées qu'unies, s'étaient enfin fondues ensemble; une ceinture de nations nouvelles mettait le centre de l'Europe à l'abri de toute invasion barbare, et le pouvoir suprême de la papauté dominait tous les peuples chrétiens pour y faire pénétrer les salutaires idées de paix et d'unité. C'est alors, à compter de la fin du XIe ou du commencement du XIIe siècle, que le travail pacifique commença de conquérir la légitime influence qui lui est due, — que les esclaves de l'antiquité avancèrent plus rapidement dans la voie de l'émancipation, — que le tiers état grandit peu à peu à côté de la noblesse et du clergé, — et que se prononça le mouvement d'ascension qui a amené les classes industrielles de leur asservissement primitif à la liberté et, on pourrait presque dire, à la souveraineté dont elles jouissent aujourd'hui. Ces grands progrès, fruits trop longtemps attendus de la civilisation chrétienne, ont été surtout réalisés par l'institution des *communes*, dont nous devons ici tracer l'histoire.

On appelle *communes* ces villes du moyen âge qui formaient des corps politiques privilégiés au sein de chaque État, qui jouissaient d'administrations électives plus ou moins indépendantes des pouvoirs supérieurs, dont les habitants possédaient, en général, une pleine liberté civile au milieu de la servitude presque universelle des habitants des campagnes, et qui ont été le berceau du tiers état et l'asile du commerce et de l'industrie dans toute l'Europe féodale, depuis la Baltique jusqu'à la Méditerranée et depuis l'Écosse jusqu'à la Hongrie.

Ces caractères généraux peuvent s'appliquer également aux communes des différents pays, qui toutes se ressemblent par là; mais comme, pour être de la même famille, elles n'en ont pas moins eu, dans chacun de leurs groupes, des traits distinctifs et une physionomie particulière, nous étudierons à part leurs destinées chez chacun des principaux peuples de l'Europe.

France.—Nous avons dit, à l'article Cité, quelle était la constitution des villes des Gaules au ve siècle, lors de la chute de l'empire romain; chacune d'elles avait son sénat, ses magistrats électifs, ses tribunaux et ses milices; les plus riches citoyens, les *curiales*, y formaient la classe prépondérante, à laquelle étaient dévolues toutes les charges municipales, sauf celle de défenseur du peuple; venaient ensuite les simples propriétaires (*possessores*), ordinairement privés des droits politiques; puis les artisans, réunis en colléges ou corporations, qui formaient la plèbe : au dernier rang se trouvaient les esclaves. C'est là le point de départ auquel il faut remonter pour découvrir l'origine des communes. Que les cités, en effet, aient généralement conservé leurs principaux priviléges sous la domination des Francs, c'est un fait incontestable dont les preuves abondent dans l'histoire des deux premières dynasties. Les monuments judiciaires de l'époque qui sont parvenus jusqu'à nous sont surtout décisifs; presque tous font mention de sénats, de curies, de défenseurs, d'officiers publics, de registres publics, c'est-à-dire de tout ce qui constituait le régime municipal romain. Nous pouvons renvoyer, sur ce point, à la belle histoire du droit municipal en France, où M. Raynouard a prouvé que les magistratures électives des cités n'ont jamais cessé sous les deux premières races, pas même au temps où le pouvoir central fut le plus vigoureux, pendant le règne de Charlemagne. La participation que les magistrats et le peuple des cités eurent presque toujours, dans cette période, à l'élection des évêques, suffirait seule, d'ailleurs, pour démontrer cette conservation du régime municipal, qui était une suite naturelle de la conservation du droit romain. Les représentants des rois francs, qui avaient remplacé les anciens délégués impériaux, les comtes, réunissaient sans doute, suivant la coutume germanique, des fonctions judiciaires à leurs fonctions politiques et militaires; mais ils n'exerçaient pas même tous les droits qu'on a appelés *régaliens*. Chargés de percevoir les impôts et de commander les troupes, ils n'intervenaient dans l'administration de la justice que pour présider les tribunaux locaux, aux décisions desquels ils donnaient la sanction de l'autorité royale. Quant à tout ce qui concernait les intérêts des villes, comme la répartition de l'impôt, la gestion des biens communaux, l'élection des magistrats, les règlements financiers, commerciaux et même civils, ils ne devaient pas s'y immiscer. Les cités, sinon toujours en fait, du moins en droit, étaient de petites républiques qui s'administraient elles-mêmes, et dont les rois n'exigeaient que des taxes.—On comprend aisément la passion jalouse avec laquelle les habitants des villes maintenaient leurs priviléges dans des siècles pleins de troubles et au milieu de populations généralement réduites à la servitude. Aussi, quand arriva la dislocation de l'empire de Charlemagne, et que périrent tout ordre et toute unité, les institutions municipales, bien qu'altérées et compromises, ne disparurent pas partout, et les coutumes traditionnelles persistèrent, plus ou moins, dans la plupart des anciennes cités. Des exemples de magistratures électives se retrouvent aux xe et xie siècles, c'est-à-dire à l'époque qui a immédiatement précédé la révolution des communes, dans les annales de plusieurs villes situées dans différentes provinces de notre pays, à Périgueux par exemple, à Bourges, à Reims, et surtout dans les grandes cités du Midi, à Marseille, Arles, Toulouse, où l'empreinte romaine s'était mieux conservée que dans le Nord. On sait d'ailleurs que plusieurs villes célèbres, Paris entre autres, n'ont jamais eu de chartes écrites et n'en ont pas moins possédé les libertés communales; c'est que ces libertés, fondées sur des coutumes immémoriales, n'avaient jamais été perdues. — Cette généalogie de nos communes a été attaquée. Au lieu d'origines romaines, on a voulu leur trouver des origines germaniques. C'est à ce système que s'est arrêté M. Augustin Thierry. Suivant lui, les communes *jurées* du nord de la France ne seraient qu'une transformation des antiques associations de défense mutuelle qui florissaient au delà du Rhin, des *ghildes*. Nous ne saurions admettre cette opinion. Ne serait-il pas étrange que nos institutions municipales fussent dues aux Germains, qui n'avaient pas de villes? En général, on exagère l'influence que le droit germanique a exercée sur notre droit, et l'on oublie que les Francs, comme l'a fort bien dit M. Thierry lui-même, ne sont qu'un accident dans notre histoire. On verra bientôt que, dans la Germanie, les municipalités ont rencontré un grand obstacle à leur établissement dans les coutumes barbares, et ont revêtu un tout autre caractère que nos communes septentrionales, faits qui sont inexplicables dans l'hypothèse de M. Thierry. La vérité est qu'en France, et dans presque toute l'Europe, les institutions communales se rattachent, soit médiatement, soit immédiatement, au droit municipal romain ; là est la souche dont elles sont sorties. — Toutefois il faut reconnaître qu'au XIIe siècle il y a eu, dans le nord de la France, une véritable révolution des communes, qui occupe, à bon droit, une grande place dans notre histoire et dont il importe de préciser le caractère. — Beaucoup de villes ne jouissaient pas des priviléges municipaux ; c'étaient celles dont la fondation était nouvelle et qui se distinguent en plusieurs classes Les unes avaient été fondées dans les domaines de l'Etat ; elles n'avaient consisté d'abord qu'en de vastes établissements industriels et agricoles, sur lesquels les Capitulaires de Charlemagne donnent de nombreux détails, et qu'ils désignent sous le nom de *villæ;* les habitants de ces *villæ*, qu'on appelait *fiscalini* ou serfs du fisc, jouissaient d'une condition supérieure à celle des colons ordinaires, sans toutefois posséder une liberté complète, et étaient soumis à l'autorité d'un *major* ou maire. D'autres villes avaient été, dans l'origine, des bourgs militaires, dont l'organisation avait été naturellement celle des camps, et où le pouvoir était resté concentré entre les mains du chef ; elles étaient ordinairement situées sur les frontières, et l'on en trouvait beaucoup plus en Allemagne qu'en France. D'autres enfin, et c'étaient les plus nombreuses, s'étaient groupées, peu à peu, autour des abbayes que l'ordre de Saint-Benoît avait multipliées sur tout le territoire, et avaient grandi sous la pacifique domination des abbés, qui exerçaient sur elles, par l'entremise des prévôts, tous les droits de haute et basse justice. La plupart des monastères, en effet, avaient été soustraits à la juridiction des comtes, et ces immunités ecclésiastiques avaient beaucoup contribué à l'agrandissement et à la prospérité de ces lieux d'asile, où le travail était en honneur et où la culture se conserva et se rétablit pendant les siècles d'anarchie qui suivirent l'invasion des barbares. Voilà donc un grand nombre de villes où l'on ne trouvait pas, ordinairement, de traces de liberté municipale, et qui étaient de plus en plus tombées sous la discrétion des pouvoirs locaux, à mesure que le pouvoir souverain s'était affaibli davantage pendant la longue agonie de l'empire de Charlemagne. — Mais, en outre, si l'établissement du régime féodal n'avait pas détruit les institutions des cités d'origine romaine, il les avait, du moins, partout entamées, et presque toutes les anciennes villes, même les plus puissantes et les plus célèbres, avaient été obligées de subir la dangereuse protection des seigneurs, qui se constituaient des principautés indépendantes dans toutes nos provinces. La féodalité avait ainsi pénétré jusque dans leurs enceintes, tantôt au profit des comtes, qui s'étaient perpétués dans leurs charges et avaient transformé leurs fonctions temporaires en fiefs héréditaires, tantôt au profit de familles puissantes, qui avaient fait de leurs maisons des forteresses et s'étaient emparées de l'administration municipale ; il y avait même des villes qui avaient été partagées entre divers seigneurs, dont chacun était maître dans son quartier. Dans beaucoup de cas aussi, et le plus ordinairement peut-être, la seigneurie des anciennes cités avait passé aux évêques, que les droits civils et politiques dont ils étaient depuis longtemps en possession, et plus encore leur influence morale, avaient naturellement appelés au premier rang : les rois eux-mêmes avaient quelquefois attaché la charge du comte à l'évêché. Les deux glaives s'étaient ainsi trouvés souvent réunis dans la même main, et l'Eglise aussi bien que le peuple eurent d'autant plus à souffrir de cette confusion des deux autorités, que presque partout, soit par la force, soit par la corruption, les nobles les plus puissants parvinrent à s'emparer des siéges épiscopaux. Ainsi la condition des cités n'était plus la même : au lieu d'être soumises au roi, qui n'avait qu'un intérêt médiocre à les dépouiller de leurs droits antiques, elles dépendaient chacune d'un seigneur qui tendait naturellement à accroître son pouvoir et à confisquer des libertés qui le gênaient. — Tel était l'état des villes au commencement du XIIe siècle. La féodalité était alors complétement constituée ; les pouvoirs locaux s'étaient enfin solidement établis sur les ruines du grand empire, et leur organisation hiérarchique, si imparfaite qu'elle fût, avait rendu quelque vigueur à une société si longtemps désolée par une complète anarchie. Le moyen âge arrivait à l'époque de sa grandeur; la chevalerie commençait à adoucir le droit de la guerre et à épurer les âmes grossières des hommes de guerre; l'Eglise, sous la direction d'une papauté réformatrice, s'arrachait aux étreintes meurtrières des princes; la croix venait d'être replantée à Jérusalem. C'est au retentissement de la première croisade que naquirent nos communes. La trêve de Dieu, que les simples plébéiens avaient été appelés à faire respecter les armes à la main, avait préparé cette émancipation, que devaient amener nécessairement es progrès des villes et que provoquèrent presque toujours les exigences des seigneurs.

L'esclavage antique avait depuis longtemps disparu sous l'influence du christianisme, et s'était transformé en servage ou colonat; mais les classes inférieures, surtout dans les campagnes, étaient loin encore de participer à tous les droits de la liberté individuelle et de la propriété. Les cultivateurs étaient taillables et corvéables à merci; ils ne devaient pas quitter le sol où ils étaient nés, et il leur était défendu de s'établir ou de se marier hors du fief dont ils faisaient partie; ils ne pouvaient pas même disposer, à titre gratuit ni à titre onéreux, de leurs biens propres, au moins des immeubles, sans l'aveu du baron, qui conservait le domaine éminent de tout le fief et recueillait l'héritage de toute famille servile qui venait à s'éteindre. La condition légale des habitants des villes, et de ceux surtout des anciennes cités, était meilleure sans doute; mais dans un temps où tous les droits étaient vagues et incertains, et où il n'y avait pas d'autorité assez puissante pour les faire respecter, la tendance générale des seigneurs était d'appliquer partout le même droit et d'imposer aux populations agglomérées les lois auxquelles étaient soumises les populations éparses au pied de leurs châteaux. De là, dans la plupart des villes, un état de lutte continue, dont elles ne sortirent que par l'institution des communes, qui leur donna des garanties sérieuses contre les violences et les usurpations seigneuriales, et assura une égale liberté, soit aux cités, soit aux villes plus nouvelles, que l'oppression féodale tendait à réduire à une servitude commune.

Ce fut sous le règne de Louis le Gros et de ses deux premiers successeurs que la révolution des communes s'opéra dans notre pays. La première commune qui ait été sanctionnée par le roi date de 1108; elle fut fondée, à Noyon, par l'évêque Baudry de Sarchainville, qui la concéda volontairement dans un esprit de charité et de désintéressement qui n'a pas trouvé assez d'imitateurs. Cet exemple fut contagieux; un siècle après, il y avait à peine dans le royaume quelques grandes villes, et il y en avait très-peu de petites qui n'eussent leurs chartes; de simples bourgs, et jusqu'à des villages, avaient obtenu les droits communaux. Toutefois il ne faut pas oublier que le mouvement communal dont la Picardie et l'Ile-de-France furent le principal foyer ne s'étendit pas jusqu'aux cités méridionales, qui partageaient alors les destinées des villes italiennes et ne furent rattachées au centre français qu'à la suite de la guerre des Albigeois. — On sait que les bourgeois du moyen âge ont souvent conquis leurs libertés au prix de l'insurrection et de la guerre. Des luttes acharnées, des dévouements, des trahisons, des jours de défaite et des jours de triomphe, une passion politique assez ardente pour saisir jusqu'aux femmes, voilà le spectacle qu'offrent, à cette époque, un assez grand nombre de nos villes. M. Thierry a raconté, avec beaucoup d'art et avec beaucoup d'âme, les incidents les plus dramatiques de ces révolutions municipales, qui, sauf l'exiguïté du théâtre, ressemblent aux plus grandes révolutions nationales; mais, il ne faut pas s'y tromper, ce n'étaient là que des exceptions. En général, la liberté communale ne fut pas conquise à main armée, elle fut achetée. Les seigneurs avaient toujours besoin d'argent; il leur en fallait pour soutenir la grandeur de leurs maisons, il leur en fallait pour leurs guerres, il leur en fallait pour les croisades. Dans ces embarras, ils ne savaient pas résister à l'appât d'une grosse somme et souscrivaient toutes les chartes moyennant finances. La bourgeoisie est économe, elle aime à épargner, elle accumule, et son capital l'a toujours plus aidée que le glaive à opérer son affranchissement successif. Il faut ajouter que, quelquefois aussi, les seigneurs ont donné la liberté au lieu de la vendre; nous avons cité l'évêque de Noyon, nous citerons encore l'évêque d'Amiens, Saint-Geoffroi, qui renonça volontairement à la seigneurie qu'il exerçait sur une partie de la ville, et aida les Amienais à se délivrer de la tyrannie que le comte exerçait sur un autre quartier.— C'est ici que nous devons nous arrêter pour apprécier la nature et les résultats de la révolution des communes.

La commune française du XIIe siècle diffère radicalement de la cité du Ve, en ce que toutes les vieilles distinctions de classe ont disparu et que tous les ordres se sont fondus en un seul ; dans nos villes communales, on ne trouve plus de sénateurs, de curiales, de possesseurs ni d'esclaves ; on ne trouve que des bourgeois : cette heureuse fusion avait été facilitée par le désordre où avait été plongée la société pendant deux siècles et où avaient disparu les anciennes aristocraties municipales. Tous les habitants entraient à titre égal dans la commune; tous prêtaient serment de se défendre mutuellement, et ce serment général, cette *conjuration*, était l'acte constitutif de la commune; c'est ainsi que se fondait la corporation communale, qui traitait ensuite en son propre nom et obtenait du seigneur soit l'octroi, soit la confirmation et l'extension des priviléges de la ville. Ces priviléges, qui étaient énumérés dans une charte authentique, variaient suivant les lieux ; les plus importants et les plus répandus étaient la reconnaissance formelle de la liberté des bourgeois et de celle de leurs biens, la rédaction des coutumes, la fixation des redevances féodales, l'institution de magistrats municipaux électifs, les échevins et le maire ou consul, et enfin le droit de porter des armes et de former des milices bourgeoises.

Ces franchises étaient bien loin d'égaler celles qu'acquéraient, à la même époque, les cités italiennes; elles ne constituaient pas une indépendance, une souveraineté dont les villes n'avaient pas besoin; mais elles sanctionnaient un affranchissement véritable; elles délivraient les villes du joug de la féodalité, donnaient au commerce et à l'industrie la sécurité sans laquelle ils ne peuvent se développer, et assuraient la jouissance des droits sociaux à une classe importante de la population, qui en avait été presque toujours exclue. C'est à bon droit que les communes du moyen âge chérissaient des institutions qui étaient la base de leur liberté et de leur prospérité. Un esprit nouveau se forma alors chez ces bourgeois pour jamais affranchis, qui commencèrent à se relever de leur long abaissement et qui prirent des mœurs et des habitudes dont les traces se retrouvent encore de nos jours. C'est alors qu'on se mit à construire des hôtels de ville souvent plus magnifiques que des palais royaux, et qu'on éleva ces tours, nommées beffrois, qu'on voit encore dans quelques vieilles cités, du haut desquelles la garde faisait le guet et où était suspendue la grosse cloche qui appelait les citoyens aux assemblées publiques et quelquefois à la guerre; c'est alors que les villes se peuplèrent et s'enrichirent, que l'industrie se perfectionna, et que se fortifièrent et s'accrurent ces nombreuses confréries où se réunissaient, sous le patronage d'un saint, tous les hommes exerçant le même métier; c'est alors, en un mot, que, en dehors de la féodalité et sous l'abri protecteur des murailles communales, grandit, dans le sein de la liberté, ce tiers état de France, qui devait, sept siècles plus tard, s'élever à la souveraineté.

Mais, sans la royauté, qui rallia autour d'elle les corps de bourgeoisie, l'institution des communes aurait détruit toute unité et parsemé notre sol de petites républiques municipales; c'est l'action de la couronne qui a sauvé la France de ce danger, auquel n'a pas échappé l'Italie. Les communes, en effet, n'étaient pas d'une moindre utilité pour le roi que pour les bourgeois; placés aux deux extrémités de la société, la royauté et le peuple avaient les mêmes ennemis, savoir, tous les pouvoirs intermédiaires, qui étaient des rivaux pour l'une, et, pour l'autre, des oppresseurs. Or, comme les chartes communales furent le plus souvent une transaction entre les seigneurs et les citoyens, on recourut à la couronne, qui intervint pour garantir le contrat dans toutes les provinces de son domaine, de même que, dans d'autres provinces, on recourut aux grands vassaux. Cette intervention du roi était d'ailleurs fondée en droit; c'était un principe féodal que nul vassal ne pouvait *abréger* son fief sans le consentement de son suzerain : or l'établissement de la commune *abrégeait* le fief. Depuis lors, le roi exerça une puissance immédiate sur les villes, qui lui payèrent les impôts et lui rendirent le service militaire que les seigneurs devaient auparavant; les communes relevèrent directement du roi, comme les premiers vassaux; elles lui prêtèrent serment, et leurs milices, le premier germe de l'infanterie française, vinrent se ranger sous la bannière royale, dont elles furent les plus fermes défenseurs. Ce fut là le changement le plus important peut-être qui résultât de l'affranchissement de la bourgeoisie, non pas seulement parce que le roi y gagna des soldats nombreux et fidèles, mais parce que le peuple grandit dès lors dans l'opinion de tous et s'éleva surtout à ses propres yeux. Jusqu'alors les nobles seuls avaient prêté serment au roi, et les habitants des villes n'étaient entrés dans l'armée que comme sujets de leurs seigneurs; mais dès lors ils comptèrent par eux-mêmes, et, quand leurs communes eurent été ainsi agrégées au corps de la monarchie, ils purent se regarder comme les égaux des nobles. Les rois de France comprirent la communauté d'intérêts qui les unissait aux villes; ils défendirent et propagèrent les institutions communales; les exemples contraires qu'on peut citer ne sont que des exceptions à une règle générale. Louis VII disait que toutes les villes où il y avait commune étaient siennes, et voici les instructions que saint Louis mourant donnait à son fils : « Regarde « en toute diligence comment les gens et su- « jets vivent en paix et droiture dessous toi, « par espécial ès bonnes villes et cités et « ailleurs; maintiens leurs franchises et li- « bertés, ès quelles les anciens les ont main- « tenues et gardées, et les tiens en faveur et « amour. » Il ne faut pas dire, comme nos anciens légistes, que les communes furent une concession faite aux villes par la royauté; mais il faut reconnaître que, sans la protection de la couronne, elles ne se seraient pas propagées si rapidement ni si profondément enracinées dans notre sol.

Nous avons insisté sur la composition démocratique des communes françaises; elles n'eurent jamais, en effet, de noblesse municipale analogue à celle des villes libres d'Allemagne et d'Italie ; la classe supérieure ne s'y composa d'abord que des commerçants riches et des chefs des corporations, et, plus tard, des gens de loi. Il ne faudrait pas croire, pourtant, que le droit de bourgeoisie fut distribué indistinctement à tout le monde; en général, les propriétaires en jouissaient tous, et il est certain que, dans l'origine, les gens de métier n'en étaient pas exclus. S'ils ne concouraient pas toujours immédiatement aux élections municipales, ils y exerçaient une influence très-puissante par l'intermédiaire des chefs élus des corporations. Mais à mesure que les villes s'agrandirent, et qu'avec les progrès de l'industrie la distinction des entrepreneurs et des ouvriers se dessina davantage, il se forma dans les villes une plèbe, composée des serfs fugitifs qui étaient venus chercher un asile où ils se dérobassent à la domination féodale. Cette transformation s'opéra surtout dans les grandes cités, et coïncida naturellement avec les révolutions intérieures des corporations, qui n'étaient d'abord que des associations de défense mutuelle où entraient tous les gens exerçant le même métier, mais qui devinrent peu à peu des corps fermés, limités en nombre, et dont étaient impitoyablement repoussés tous ceux qui n'avaient pas la maîtrise. C'est ainsi que l'égalité primitive se métamorphosa, dans le cours des siècles, en une aristocratie marchande; mais ces changements, qui ne se produisirent que peu à peu, apparaissaient à peine au moyen âge, époque où le tiers état des villes ne se distinguait encore du reste du peuple que par la liberté.

Les communes de France, il faut l'avouer, n'ont jamais joué le rôle brillant des républiques italiennes ni même des communes flamandes; aucune d'elles ne parvint, dans ces siècles, à un degré, soit de richesse, soit de population, qui lui permît de rivaliser avec Bruges, Gand, Gênes, Venise ou Florence. Paris seul s'éleva aussi haut; mais ce ne fut pas par le commerce et l'industrie, ce fut comme le siége de la royauté et de la première des universités. La France du moyen âge était principalement agricole, et que les villes, assez également distribuées sur tout le territoire, ne pouvaient occuper, dans l'État, qu'un rang secondaire. Leur prospérité croissait pourtant chaque jour et ne fut interrompue dans sa marche ascendante que par les ravages qu'entraînèrent les guerres des Anglais aux XIVe et XVe siècles. Les innombrables monuments religieux élevés par les bourgeois des communes ne témoignent pas seulement de leur piété, mais aussi de leurs richesses, comme les gros corps de milices qui se trouvèrent à toutes nos grandes batailles, aux victoires et aux défaites, à Bouvines et à Crécy, témoignent de l'importance militaire qu'avait dès lors la bourgeoisie; ces milices, en effet, n'étaient que des gardes nationales mobiles fournies par les villes. — Les communes eurent des représentants aux états généraux de 1302, où Philippe le Bel les appela pour s'appuyer de leur concours dans sa lutte contre Boniface VIII; mais il est probable qu'elles y avaient déjà été appelées auparavant pour consentir à l'établissement de nouvelles taxes. Il est certain du moins que le tiers état avait été admis, dès le XIIIe siècle, dans la plupart des états provinciaux, et que saint Louis convoquait régulièrement à Paris les maires des bonnes villes pour régler les rapports qui existaient entre elles et le pouvoir central; ces assemblées étaient annuelles et se tenaient à la Saint-Simon-Saint-Jude. Mais cette question, ainsi que l'étude du rôle que jouèrent les députés des communes dans les luttes parlementaires, et notamment dans la révolution de 1356, reviendra à l'article des ETATS GÉNÉRAUX; nous ne devions que l'indiquer ici.

Il y a une institution analogue à celle des communes, dont nous devons aussi dire quelques mots; c'est celle des bourgeoisies proprement dites, qui fut très-utile au développement du pouvoir royal pendant les XIIIe et XIVe siècles. Les membres des corps de bourgeoisie jouissaient d'une pleine et entière liberté civile, mais ils n'avaient pas de droits politiques; au lieu d'un maire et d'un conseil électifs, ils avaient à leur tête un prévôt royal qui les commandait, les administrait et les jugeait. Les communes qu'on dépouillait de leurs droits et dont on cassait les chartes devenaient naturellement des bourgeoisies; mais, en outre, il y eut des villes assez nombreuses que les rois fondèrent primitivement sur ces bases, et qu'ils distribuèrent dans diverses parties de la France, même hors de leurs domaines, pour servir de lieux d'asile, où venaient se réfugier en grand nombre, sous le bouclier de la protection royale, les serfs des contrées voisines, heureux d'échapper à la tyrannie féodale. Quelques seigneurs des plus puissants imitèrent aussi, dans leurs provinces, cette politique des rois; mais, en général, les nobles n'eurent qu'à se plaindre de ces établissements, qui dépeuplaient leurs domaines, et auxquels les légistes, ces subtils et infatigables serviteurs de la royauté, donnèrent une extension singulière. La bourgeoisie fictive vint s'ajouter à la bourgeoisie réelle. Pour être bourgeois du roi, pour n'être soumis qu'à ses tribunaux en matière personnelle, pour se soustraire à la juridiction des seigneurs, il ne fut plus nécessaire d'habiter en fait dans l'enceinte d'une ville ou d'un bourg du roi; on put même n'y jamais venir; il suffit d'y posséder le moindre immeuble et de s'être fait agréger au corps de la bourgeoisie. C'est de là qu'est venue l'importance de la grande distinction entre le domicile et la résidence, dont on trouve encore des traces dans notre droit politique moderne. Les bourgeois du roi ne résidaient pas dans ses villes, mais ils y avaient leur domicile, et cette fiction suffisait pour les faire passer de la sujétion féodale à la sujétion monarchique.

L'émancipation des communes avait beaucoup contribué à l'extension des pouvoirs de la royauté; mais, quand la monarchie, sortie de son enfance, entreprit de ramener tout le pays à une règle uniforme, elle réagit naturellement contre des libertés locales qui ne lui étaient plus utiles et qui faisaient obstacle à la centralisation. Les communes devaient passer sous le même niveau que les seigneurs. Nées au XIIe siècle, elles avaient surtout fleuri dans les deux siècles suivants, tant que la féodalité avait été la base de la société. A compter du XVIe siècle, quand les rois se furent mis *hors de page*, comme le disait François Ier, elles commencèrent à décliner, perdirent peu à peu leurs priviléges distinctifs et se confondirent tous les jours davantage avec la masse de la nation. Cette transformation était inévitable: ajoutons que, sous beaucoup de rapports, elle fut heureuse. L'institution communale tournait alors de plus en plus à l'avantage exclusif de la haute bourgeoisie; elle avait d'ailleurs porté tous ses fruits; la liberté civile des habitants des villes était devenue un fait inattaquable, et l'indépendance municipale n'aurait pu se perpétuer qu'aux dépens de la régularité administrative et de l'unité nationale elle-même. — C'est au droit de justice, qu'exerçaient les magistrats municipaux, que les ministres de la royauté portèrent d'abord atteinte. Le principe théorique, professé par les jurisconsultes et les parlements, était que toute justice émane du roi. En fait, il en était tout autrement: la justice émanait soit de l'Eglise, soit des seigneurs, soit des municipalités. Nous n'avons pas à mentionner ici les empiétements successifs qui, depuis saint Louis jusqu'à la révolution, amenèrent l'absorption successive des juridictions ecclésiastique et féodale par la juridiction royale; nous ne devons nous occuper que des villes. Leurs tribunaux électifs, d'abord souverains, furent bientôt soumis aux cours supérieures, qui connaissaient de leurs sentences par voie d'appel. Les choses restèrent en cet état jusqu'en 1566, que L'Hôpital, par le fameux édit de Moulins, dont la connaissance est si importante pour l'étude de notre ancien droit, porta aux juridictions municipales un coup dont elles ne se relevèrent pas. L'exercice de la justice criminelle et de la police fût laissé aux maires, échevins et autres administrateurs, mais il leur fut interdit de connaître des instances civiles entre les parties. Cet édit, dont les résultats ont été certainement favorables à la bonne administration de la justice, fut néanmoins, on le conçoit aisément, l'objet des plus vives réclamations de la part des villes, qui se voyaient dépouillées de droits précieux dont elles étaient en possession depuis un temps immémorial. Plusieurs d'entre elles obtinrent même de ne pas être astreintes à l'exécuter, et Reims, entre autres, fut confirmée, par arrêt du parlement de Paris, dans sa juridiction civile, qui remontait plus haut que la monarchie, comme elle le soutint et comme elle le prouva. Peu après, la juridiction criminelle fut aussi enlevée aux villes par l'édit de Blois, de 1579, et fut transmise aux officiers du roi, comme l'avait été la juridiction civile. Depuis lors, les maires et échevins n'exercèrent plus que des droits judiciaires peu importants, et qui étaient surtout relatifs à la police et à la première instruction des causes criminelles ou correctionnelles.

Nous arrivons à la dernière époque du droit municipal. Privés de leurs attributions judiciaires, les magistrats des villes avaient conservé tous les droits administratifs dont sont investis aujourd'hui nos conseils municipaux, et ils en jouissaient même avec beaucoup plus d'indépendance, sans être obligés d'obtenir la sanction de l'autorité supérieure pour leurs moindres actes, comme dans la France actuelle. Mais il faut avouer que ces libertés administratives, que les ministres restreignirent souvent et que Colbert, entre autres, viola sans scrupule, profitaient très-peu, dans les derniers siècles, à la prospérité des villes, dont les finances furent presque toujours très-obérées, et dont les administrations étaient le siége des abus les plus scandaleux. La masse des populations ne participait plus aucunement aux droits des communes qu'avaient monopolisés les aristocraties locales, composées surtout des propriétaires urbains et des gens de robe. A compter du règne de Louis XIV, d'ailleurs, les magistrats cessèrent généralement d'être électifs, et leurs charges furent érigées en titre d'offices, que le gouvernement vendait à deniers comptants. C'est en 1692 que cette innovation fut introduite dans un but purement fiscal; on ne l'appliqua d'abord qu'aux mairies, mais on l'étendit bientôt aux lieutenances des mairies, et enfin à toutes les magistratures municipales sans exception. Abolies en 1717, après la mort de Louis XIV, ces charges vénales furent rétablies en 1722, puis supprimées et rétablies de nouveau à différentes reprises pendant tout le cours du XVIIIe siècle, selon que les besoins du trésor étaient plus ou moins pressants. Pour conserver leurs droits, les habitants des anciennes communes n'avaient d'autre moyen que de se racheter à chaque nouvel édit et de s'approprier les charges nouvellement créées qu'ils réunissaient à leurs corps de villes; mais ils finirent par se lasser de ces tributs toujours renaissants, et il n'y avait plus, pour ainsi dire, de municipalité élective en France, quand sonna l'heure de la révolution.

ITALIE. — Nulle part l'institution communale n'a été plus brillante ni plus solide qu'en Italie, où elle a régné en souveraine pendant plusieurs siècles et où elle a fait les destinées de la nation. Les communes italiennes du moyen âge ont marché à la tête de la civilisation chrétienne, comme les cités grecques à la tête de la civilisation antique; mais, de même que la Grèce divisée a plié sous le joug de la Macédoine et de Rome, l'Italie, brisée en fragments épars, est restée impuissante à constituer son unité nationale et est devenue la proie des conquérants. Fruits amers de l'indépendance municipale! L'Italie lui avait d'abord dû sa prospérité; elle avait vu dans ses républiques le commerce, l'industrie, les beaux-arts, les lettres, les sciences, s'élever et fleurir sous le souffle fécond de la liberté politique: mais après tant de gloire vinrent les tristes jours de l'oppression; les tyrannies corrompirent et désarmèrent le peuple, et les glorieuses villes qui avaient eu tant de grands citoyens et où l'esprit public avait fait tant de miracles, s'endormirent sous le joug honteux de l'étranger. — Les communes de l'Italie se rattachent, comme celles de France, aux cités de l'empire romain. Savigny a prouvé, contre l'opinion commune, que le régime municipal s'était obscurément perpétué sous la domination des Lombards. L'ancienne population, décimée par les barbares, avait conservé dans les villes, avec l'usage du droit romain, le privilége d'élire ses magistrats, dont la juridiction, quoique limitée, était restée souveraine pour décider les contestations qui s'élevaient entre les vaincus. La succession des évêques, d'ailleurs, ne fut jamais interrompue, et l'on comprend que les Lombards, qui étaient ariens, n'intervinrent pas dans le choix de ces chefs naturels du peuple catholique. La liberté des cités continua donc à végéter après la conquête, en s'aidant des priviléges épiscopaux. Par un contraste singulier, c'est dans les pays restés soumis au sceptre impérial que cette liberté fut le plus restreinte; le despotisme de Constantinople fut plus ombrageux que la tyrannie barbare; dans l'exarchat de Ravenne et dans la partie méridionale de la péninsule, les cités perdirent leur plus beau droit, celui d'élire leurs magistrats; et quand l'Italie reprit une vie nouvelle, elles durent emprunter à la Lombardie le modèle de l'organisation municipale. — Depuis la destruction du royaume des Lombards par Charlemagne jusqu'à la lutte de la papauté et de l'Empire au XIe siècle, pendant 300 ans environ, le changement le plus essentiel qu'éprouva la constitution des cités résulta de l'accroissement du pouvoir sacerdotal. La plupart des évêques et des abbés avaient obtenu, pour leurs siéges et pour leurs terres, l'exemption de la juridiction des comtes impériaux, à laquelle les campagnes restèrent généralement soumises. On sait que ces comtes réunissaient en leurs personnes, selon la coutume germanique, les attributions politiques et judiciaires les plus étendues. Les évêques héritèrent naturellement de cette autorité, tant dans l'enceinte que dans les environs des villes; ils devinrent chacun les chefs politiques de tout un district, et leurs prévôts, qui prirent la place des comtes, présidèrent le collége des échevins chargés de l'administration et de la justice. Ces immunités ecclésiastiques, que multiplièrent surtout les Ottons, furent d'un grand bienfait pour les villes dont l'individualité se dessina davantage, qui relevèrent ou étendirent leurs anciens remparts, et qui profitèrent souvent de la faiblesse du pouvoir impérial pour s'emparer des prérogatives les plus importantes de la souveraineté, et entre autres du droit de guerre. Quelques-unes, à cette époque, s'enrichirent même déjà par un vaste commerce, entre autres Ravenne, Amalfi et Venise, qui devint bientôt la souveraine de l'Adriatique. Cette dernière ville, où, lors des invasions barbares, beaucoup de familles romaines s'étaient réfugiées comme en un asile inviolable, ne partagea pas les destinées des autres communes; elle a son histoire à part; elle se faisait gloire de ne dépendre ni de l'empire d'Orient ni de l'empire d'Occident, et n'obéissait dès lors qu'à son doge, dont l'autorité était presque monarchique. — Vers la fin de la période que nous venons de déterminer, un nouvel élément vint se joindre à la population des villes et lui communiquer une grande force. Beaucoup de gentilshommes, après avoir longtemps lutté contre les évêques-comtes, pour obtenir l'hérédité de leurs fiefs, commencèrent, soit de gré, soit de force, à s'agréger aux villes voisines, dont ils devinrent citoyens et où ils formèrent longtemps la classe prépondérante; fait capital et tout à fait particulier à l'Italie! Dans cette péninsule, en effet, la municipalité absorba la féodalité, et pendant que dans les autres pays de l'Europe les nobles vivaient isolés dans leurs châteaux, ceux de l'Italie, incorporés aux communes, durent habiter dans les villes, où ils implantèrent à la fois leur esprit militaire et turbulent et leurs préjugés aristocratiques. — Cette révolution était déjà faite en partie quand éclata la guerre des investitures, pendant laquelle les cités se dégagèrent de la domination épiscopale et entrèrent hardiment dans leur glorieuse carrière républicaine; c'est de cette époque que datent les vraies communes italiennes.

Quand, sous l'inspiration de Hildebrand, la papauté entreprit de réformer les mœurs ecclésiastiques et de soustraire l'Eglise à la funeste domination des pouvoirs séculiers, elle rencontra autant d'obstacles du côté du clergé que de celui des empereurs. Dans la haute Italie surtout, la plupart des évêques se rangèrent du parti du César allemand, tandis que la grande majorité du peuple se prononçait pour la cause de la papauté, qui était en même temps celle de la nation. Toute la Lombardie se trouva divisée en deux partis : dans beaucoup de villes, il y eut à la fois deux évêques; dans d'autres, l'évêque fut chassé et n'eut pas de successeur. Il résulta de là que l'autorité épiscopale fut généralement renversée et remplacée par un pouvoir élu, celui des consuls. Ces consulats électifs furent partout institués, soit de l'aveu des évêques, soit malgré eux, selon que l'évêque tenait pour le pape ou pour l'empereur. Quand la querelle des investitures fut terminée, toutes les communes de l'Italie septentrionale agissaient comme des corps politiques indépendants; il n'y avait plus, dans leur sein, de pouvoir supérieur à celui des conseils municipaux; elles avaient leurs magistrats souverains et leurs assemblées politiques; elles faisaient à leur choix la paix ou la guerre; elles traitaient et se confédéraient ensemble; elles formaient des Etats libres. — La liberté ecclésiastique et la liberté communale en Italie sont donc deux faits contemporains et de même origine : Grégoire VII n'a pas été seulement le promoteur de l'indépendance de l'Eglise, il a été aussi le défenseur de la nationalité italienne et le protecteur des villes, qui étaient aussi directement intéressées que la papauté dans la question des investitures. Elles ne trouvaient, en effet, que des oppresseurs dans ces évêques simoniaques, leurs seigneurs légaux, que l'Empereur investissait à la fois par l'anneau et la crosse, et dont il faisait ses hommes. Aussi rudes maîtres que mauvais pasteurs, ces serviteurs du pouvoir impérial étaient également les ennemis et du peuple qu'ils pressuraient, et du grand réformateur dont ils redoutaient la sévère justice. — L'indépendance des communes ne s'établit qu'un peu plus tard dans le centre de la péninsule, après la mort de la grande - duchesse Mathilde. Cette courageuse amie de Grégoire VII avait légué à l'Eglise ses biens propres, mais ses fiefs devaient faire retour à l'Empire ; de là d'interminables démêlés entre les Césars et les papes, pendant lesquels les provinces en litige, et notamment la Toscane et la Romagne, furent démembrées entre les villes et un grand nombre de seigneurs féodaux, qui furent en réalité les seuls héritiers de Mathilde. Quant à l'Italie méridionale, la liberté municipale y fut toujours moins générale et moins complète, et les rois de Naples y défendirent plus heureusement les attributions du pouvoir souverain que n'avaient pu le faire les empereurs, dont l'autorité en Italie fut toujours précaire.

C'est ici le lieu d'expliquer quelle était, en général, à cette époque, la constitution des communes italiennes. Leurs citoyens étaient divisés en trois classes : la première était celle des *capitanei*, vassaux immédiats de l'Empire, dont ils tenaient une seigneurie en fief; la seconde était celle des vavasseurs, qui étaient les vassaux des *capitanei* et tenaient d'eux des terres en fief : ces deux classes, parmi lesquelles devaient dominer les familles d'origine barbare, formaient la noblesse, qui jouissait d'une grande autorité dans les villes et y exerçait, d'ordinaire, les principales charges. La troisième classe était composée des simples citoyens; c'étaient les bourgeois riches, les propriétaires urbains, les gros marchands, qui représentaient l'ancienne aristocratie des cités romaines. On voit que le peuple proprement dit n'était pas compris dans cette organisation ; les corps de métiers, les confréries des artisans, les prolétaires ne faisaient pas encore partie du corps politique; ce ne fut que dans les siècles suivants que la *plebs* participa, et toujours incomplétement, aux priviléges du patriciat. Les communes d'Italie étaient donc, à cette époque, beaucoup plus puissantes, mais beaucoup moins démocratiques que celles de la France. — Le pouvoir souverain appartenait presque toujours à un conseil général, composé de nombreux députés des divers quartiers de la ville ; quelquefois aussi le peuple légal délibérait en masse sur la place publique, comme celui d'Athènes ou de Rome. Un conseil moins nombreux, appelé ordinairement conseil de *credenza*, et dont les délibérations étaient secrètes, comme celles du sénat romain, était chargé de veiller aux intérêts politiques de la cité, de concert avec les consuls. Ceux-ci n'étaient pas de simples magistrats municipaux chargés de la police, de l'administration des deniers et des biens de la ville, du soin de rendre la justice civile; leurs attributions étaient bien plus étendues; ils s'étaient emparés de l'autorité des anciens comtes impériaux et réunissaient en leurs mains, outre les droits que nous venons d'énumérer, la haute justice criminelle et le commandement militaire.

Cette extension de pouvoir explique suffisamment pourquoi les empereurs s'acharnèrent à enlever aux villes l'élection de leurs magistrats. Les consuls, dont la charge était ordinairement annuelle et dont le nombre était invariable, devaient être pris parmi les trois classes de citoyens. Leurs fonctions furent scindées plus tard : une partie d'entre eux, sous le titre de consuls *de placitis*, furent chargés de l'administration de la justice civile, comme les préteurs à Rome, tandis que les autres, sous le titre de consuls *de commune*, conservèrent l'autorité politique et militaire. — La vie politique des communes italiennes fut toujours très-agitée : outre qu'elles étaient alors déchirées à l'intérieur par les factions des familles nobles, elles se faisaient sans cesse les unes aux autres des guerres cruelles, alimentées par les rivalités municipales, les plus implacables de toutes. L'ambition des grandes cités surtout les portait à opprimer leurs voisines, moins peuplées et moins riches ; politique où elles persistèrent toujours et qui finit par leur réussir. Mais ces troubles n'empêchaient pas la prospérité de l'Italie d'augmenter sans cesse; les villes croissaient en population et en richesse; des industries nombreuses y grandissaient; la fabrication des étoffes de laine y prenait un merveilleux développement; les plaines du Pô étaient les mieux cultivées de l'Europe, et le commerce de la Lombardie était si étendu, que les banquiers, en France, n'avaient pas d'autre nom que celui de Lombards.

L'indépendance communale avait déjà reçu la sanction du temps, quand l'empereur Frédéric Barberousse, de la maison de Hohenstauffen, entreprit de rétablir le pouvoir impérial en Italie. Nous n'entrerons pas dans le détail des six expéditions qu'il dirigea dans la péninsule; le point important est de savoir ce qu'il voulait En 1158, dans la plaine de Roncaglia, sur les bords du Pô, où se tenaient, de temps immémorial, les grandes diètes de la Lombardie, et où s'étaient rendus les députés de toute l'Italie, Frédéric, dans tout l'éclat de la majesté impériale, fit solennellement prononcer le fameux jugement qu'avaient rédigé quatre jurisconsultes de l'université de Bologne, et qui lui attribuait tous les droits régaliens qu'avaient autrefois exercés les empereurs. Ces droits étaient ceux de battre monnaie, de prélever des péages sur les routes et sur les ponts, d'imposer des corvées, de s'approvisionner avec sa suite partout où il passait, de disposer souverainement de la pêche dans les fleuves et sur la mer, de lever des tributs annuels et une capitation générale, et surtout de nommer tous les magistrats des villes, à moins que celles-ci ne prouvassent *par titres* qu'elles jouissaient de priviléges spéciaux. La plupart de ces droits, sans doute, sont les attributs ordinaires de la souveraineté, et les gouvernements actuels les exercent presque tous ; mais, au XIIe siècle, leur restauration n'aurait servi qu'à détruire les franchises locales, les seules qui existassent, et à reconstituer le despotisme. Aussi l'Italie n'a-t-elle pas maudit sans raison ces professeurs bolonais, qui sacrifiaient à un empereur étranger la liberté et la patrie, et qui fondaient leurs décisions sur cette maxime païenne : « que la volonté de l'empereur constitue le droit, et que tout ce que veut le prince est la loi (*tua voluntas, Cæsar, jus esto; quidquid principi placuit, legis habet vigorem*). » C'est la politique qu'ils avaient apprise à l'école du droit romain, dont l'étude venait d'être reprise à l'université de Bologne après une interruption de plusieurs siècles, et que leurs successeurs continuèrent à enseigner fidèlement. Le droit romain ne fut donc pas étranger aux décisions de Roncaglia, comme l'a soutenu M. de Savigny; les droits qu'on voulait renouveler pouvaient bien être d'origine germaine, mais le principe en vertu duquel on les légitimait était tout romain, et datait de l'époque où l'on rangeait les empereurs au nombre des dieux et où l'on célébrait l'apothéose de Néron et de Domitien. — Frédéric n'appuyait pas seulement ses prétentions sur des armées allemandes et sur les traditions impériales; il pouvait compter aussi sur le secours de la plus haute noblesse, qui était restée en dehors des municipalités, et sur les dissensions des villes elles-mêmes, dont plusieurs recouraient à lui pour se délivrer de l'oppression. Il y avait donc en Italie un parti impérial, celui qu'on appela un peu plus tard le *parti gibelin;* et il est très-probable que le César serait resté victorieux sans la papauté, qui n'avait pas moins que les communes à redouter l'autocratie impériale. Alexandre III fut le sauveur de l'Italie, de la délivrance de laquelle il ne désespéra jamais, malgré les succès de Frédéric, qui avait pris et rasé

Milan, qui avait soumis toutes les communes et les gouvernait à sa guise par ses *podestats* allemands, qui avait soulevé un schisme, qui avait fait reconnaître ses antipapes dans tous ses Etats, depuis la Méditerranée jusqu'à la Baltique, et qui s'était fait couronner à Rome par l'un d'eux. En 1167, les principales villes de la vallée du Pô se confédérèrent à l'instigation du pape, et prirent l'engagement solennel de ne pas faire de trêve avec l'empereur avant de l'avoir chassé de l'Italie : c'est la fameuse ligue lombarde qui triompha neuf ans plus tard à Legnano, près Como. L'empereur marchait sur Milan et n'en était plus qu'à 15 milles; alors les Milanais se décidèrent à aller à sa rencontre, quoiqu'ils n'eussent encore reçu presque aucun renfort des villes voisines, et firent sortir leur *carroccio* (c'était un vaste char traîné par des bœufs, sur lequel on célébrait les saints mystères, et qui était surmonté d'un grand mât où pendaient les bannières de la ville; chaque commune avait son *carroccio*, qui marchait toujours au centre de l'armée et qu'entourait l'élite des braves). Quand ils virent la cavalerie allemande s'avancer sur eux, les Milanais se jetèrent à genoux, et adressèrent leur prière à haute voix à Dieu, à saint Pierre et à saint Ambroise; puis ils se relevèrent et marchèrent contre les Allemands, qui furent rompus et défaits. L'empereur dut repasser les Alpes; la défection de Henri le Lion, le chef de la maison de Guelf, le puissant duc de Saxe et de Bavière, neutralisa toutes ses forces, et il fut contraint de reconnaître à la fois le pape Alexandre III et l'indépendance des villes par la trêve de Venise de 1177, qui fut ratifiée par la paix de Constance, en 1183. Tous les droits régaliens que Frédéric avait revendiqués furent légalement concédés aux communes, qui en jouirent pleinement dans leurs murs et dans le district qui dépendait d'elles, au même titre et de la même manière qu'en jouissaient les grands seigneurs dans tous les Etats féodaux. L'empereur ne s'était réservé que le droit d'investir ou d'instituer les magistrats élus, droit plus honorifique que réel, et qui, dans beaucoup de lieux, resta à l'évêque auquel il avait été naturellement dévolu dans les siècles antérieurs, quand le *comté* avait été réuni à l'évêché. En résultat, les franchises des villes étaient donc sauvées, mais l'Italie n'était pas délivrée des Allemands, et l'empereur conservait sur toute la péninsule une suzeraineté qui devait bientôt amener de nouvelles luttes. — La ligue lombarde avait embrassé la plus grande partie de l'Italie septentrionale : les principales villes qui y entrèrent furent Gênes, Milan, Brescia, Bergame, Crémone, Plaisance, Vérone, Mantoue, Padoue, Reggio, Modène, Bologne, Ferrare et Ravenne ; Venise en fit aussi partie pendant quelque temps. Malheureusement cette confédération resta toujours très-imparfaite. Les députés des communes, qui composaient le collége des *recteurs* chargés de la diriger, ne formèrent jamais de diète régulière et permanente, mais seulement des congrès accidentels, dont les décisions devaient être ratifiées par le peuple de chaque cité. Les Italiens manquèrent ainsi l'occasion qui s'était offerte, et qui ne se représenta plus, de constituer une république fédérative, comme le firent plus tard les Provinces-Unies. La ligue n'avait été instituée que pour un but déterminé; elle ne survécut pas aux circonstances qui l'avaient rendue nécessaire.

L'histoire des communes italiennes, à dater de la paix de Constance, devient de plus en plus difficile à suivre au milieu de la complication des partis qui les divisent et des révolutions de la péninsule. Quelques faits généraux se dégagent pourtant du sein de cette confusion. Nous avons dit que l'empereur Frédéric Ier, au temps de ses victoires, avait envoyé dans chaque cité un officier de l'empire qu'on appelait *podestat* (de *potestas*), et dont les pouvoirs étaient presque sans limites. Rendues à la liberté, les communes imitèrent cet exemple et instituèrent à leur tour des podestats, qui remplacèrent presque partout les anciens consuls *de commune*, et dont l'autorité était aussi fort grande ; ils étaient surtout investis du commandement militaire et de la juridiction criminelle. Or ces podestats, devant lesquels on portait une épée nue comme symbole de leur charge de haut justicier et qui étaient les vrais chefs de la cité, devaient lui être étrangers de naissance et n'y avoir ni parents ni amis. C'est là le trait distinctif de cette magistrature singulière, qui prouve à quel point les factions portaient leur hostilité et combien elles se méfiaient les unes des autres. On aimait mieux donner le pouvoir à un mercenaire qu'à un citoyen dont l'élection eût été le triomphe d'un parti. Les podestats, qui furent presque tous tirés de la noblesse, étaient ordinairement élus pour une année; ils étaient soumis à une surveillance jalouse qui les entravait dans tous leurs actes et ne les empêchait pas d'arriver quelquefois à la tyrannie. Une institution aussi radicalement mauvaise n'était certes pas faite pour ramener la paix dans les communes, qui avaient été jusqu'alors surtout troublées par les dissensions des familles nobles, mais qui commençaient à l'être de plus en plus par les luttes des diverses classes. — L'ancienne commune, comme nous l'avons vu, se composait exclusivement de la noblesse, qui possédait des fiefs dans les campagnes, et de la bourgeoisie riche; la grande masse du peuple était restée en dehors de la cité. De là étaient provenus trois grands partis, qu'on retrouve à cette époque dans presque toutes les villes italiennes, celui des nobles, celui des simples citoyens et celui des gens de métier ou du peuple proprement dit. Les campagnes, qui n'étaient guère habitées que par des métayers, ne jouaient aucun rôle politique. Or, au XIIIe siècle, l'ancienne constitution fut généralement renversée, et le pouvoir de la noblesse s'abaissa devant l'ascendant toujours croissant de la bourgeoisie enrichie par le commerce et l'industrie; les nobles furent même, à la fin du siècle, exclus, en beaucoup de lieux, des charges municipales. Mais ces révolutions ne pouvaient s'accomplir sans que les plébéiens y intervinssent pour profiter de la rivalité des ordres privilégiés, et les confréries des arts ou des métiers réclamèrent dès lors, en effet, avec persévérance, leur admission au droit de suffrage, et l'obtinrent en plusieurs villes, malgré la résistance des pouvoirs légaux. Les gens de métier furent d'ailleurs assez souvent dirigés dans ces tentatives par des nobles, qui se faisaient inscrire dans leurs corporations et se mettaient à leur tête pour se venger de la bourgeoisie. Les capitaines du peuple, qu'on rencontre dans l'histoire des cités italiennes, appartenaient presque tous à la noblesse, et nous verrons plus loin qu'en beaucoup de cas la tyrannie ne s'établit qu'avec le concours du peuple, qui préférait une servitude commune à une liberté dont il était exclu. Il arriva aussi quelquefois que le peuple se constitua à part et se donna des magistrats séparés de ceux de la commune, de sorte qu'il y avait deux pouvoirs dans la même ville. Mais, en général, la constitution des communes, qui tendait de plus en plus vers la démocratie pure, n'y avait pas encore abouti, et la chute de la noblesse n'avait profité qu'à la bourgeoisie à l'époque où nous arrivons. — Toutes ces luttes municipales se compliquaient de la grande lutte des Guelfes et des Gibelins, noms nouveaux qui avaient été importés d'Allemagne, mais qui désignaient d'anciens partis, celui du pape et celui de l'empereur : la ligue lombarde avait été une ligue guelfe. Or, depuis la mort de Frédéric Barberousse (1190) jusqu'à celle de son petit-fils Frédéric II (1250), les guerres et les intrigues des deux partis ne cessèrent pas en Italie. Nous ne nous arrêterons pas aux règnes de Henri VI, de Philippe et d'Othon, mais nous devons expliquer quelle était la situation de Frédéric II. Le mariage de Henri VI avec l'héritière des rois normands de Naples et de Sicile avait singulièrement compromis la liberté tant des communes que de Rome, sur lesquelles les empereurs allaient peser désormais par le nord et par le midi. C'est pour parer à ce danger qu'Innocent III s'était efforcé de faire transférer l'empire à une maison nouvelle; malheureusement sa politique échoua. Othon de Brunswick, qui lui devait sa couronne, n'en resta pas moins fidèle aux traditions impériales, et quoique l'élu du parti guelfe se mît à la tête du parti gibelin. Ce fut un moment de confusion singulière : les Guelfes, en effet, commirent alors la faute de soutenir eux-mêmes les prétentions de Frédéric II, l'héritier des Hohenstauffen, leur adversaire naturel, qui avait conservé le royaume de Naples, et qui, avec leur concours et celui du pape, obtint sa réintégration dans l'empire. Il se trouva ainsi plus puissant que ne l'avait jamais été Frédéric Barberousse, et recommença aussitôt, sans hésiter, la lutte séculaire que sa famille soutenait contre la papauté et les républiques italiennes. — Frédéric II était un prince plus italien qu'allemand; il avait été élevé à Naples et y passa la plus grande partie de sa vie; c'est de là qu'il menaçait toute l'Italie. De concert avec son chancelier, le fameux Pierre Desvignes, il établit dans ce royaume une administration vigoureuse; il l'avait trouvé en proie au désordre et désolé par l'indiscipline des barons d'origine normande, il le laissa tranquille et florissant sous un gouvernement tout monarchique, qui n'avait respecté ni les priviléges de la féodalité ni ceux des villes. Il s'était réservé la haute juridiction civile et criminelle, ainsi que la nomination des magistrats. Frédéric II et saint Louis étaient contemporains et ont travaillé tous deux à l'extension des prérogatives du pouvoir royal; mais c'est la seule ressemblance qu'on puisse trouver entre le saint roi et l'empereur athée, l'ami des mahométans, le protecteur des hérétiques, à la cour duquel se renouvelèrent les doctrines matérialistes et épicuriennes, qui devaient bientôt trouver de si fervents disciples dans tous les tyrans de l'Italie. Frédéric couvrait d'une protection toute spéciale les jurisconsultes qui enseignaient, sur l'autorité du droit romain, que le genre humain était tenu d'obéir passivement au successeur de César; cette audacieuse maxime, que Bartole érigea plus tard en article de foi, était le seul dogme auquel crût l'empereur.

Nous avons moins à nous occuper ici des querelles de Frédéric avec les papes Grégoire IX et Innocent IV que de ses entreprises contre les communes de la haute Italie qu'il voulait réduire au même état de sujétion que celles de Naples. Voici de quels éléments se composait le parti gibelin sur lequel il pouvait compter. La féodalité, que les villes avaient généralement absorbée en Italie, s'était perpétuée dans certaines contrées, particulièrement dans les pays de montagnes, dans les Apennins, dans le Montferrat et le Piémont, et plus encore sur les derniers gradins des Alpes qui s'abaissent vers Vérone et Vicence. C'est là que régnaient les Ezzelins, d'origine allemande, dont la tyrannie s'était étendue sur plusieurs cités qui avaient eu l'imprudence de leur confier la charge de podestat. Ezzelin le féroce, le plus odieux type des seigneurs gibelins de cette époque, qui mutilait et aveuglait des enfants et qui fit massacrer en un seul jour onze mille Padouans, ne succomba qu'après la mort de Frédéric, sous l'effort d'une croisade guelfe. Tous ces seigneurs féodaux étaient les plus fermes soutiens du pouvoir impérial, auquel la noblesse des villes était aussi généralement dévouée, et qui avait ainsi un parti dans chaque cité. En outre, il y avait des communes qui étaient tout entières gibelines, soit qu'elles fussent dominées par les nobles, soit plutôt qu'elles cédassent à des ressentiments jaloux contre leurs voisines; il en était ainsi de Pise et de Pavie, toujours ennemies de Florence et de Milan.

Les Guelfes, c'est-à-dire le parti national et populaire, auraient aisément triomphé des Gibelins, si ceux-ci n'eussent été soutenus par les forces impériales et dirigés par l'habileté de Frédéric; mais les villes lombardes étaient divisées. Leur ligue, qu'elles avaient renouvelée, manquait d'un pouvoir central et ne suffisait pas à calmer leurs dissensions; l'appui du pape, qui s'était offert pour médiateur entre elles et l'empereur, ne les sauva pas; les Milanais furent battus à Corte-Nuova en **1237**, et les Gibelins vainqueurs devinrent les maîtres de presque toutes les cités. Leur domination fut heureusement de courte durée; Frédéric II avait été solennement excommunié au concile œcuménique de Lyon; il mourut en **1250** étouffé sous des coussins par les mains d'un de ses bâtards; sa maison s'éteignit bientôt après lui; l'empire tomba dans l'anarchie pendant le grand interrègne qui ne finit qu'en **1273**, par l'élection de Rodolphe de Hapsbourg, et l'Italie cessa enfin pour longtemps de dépendre de l'Allemagne, aux destinées de laquelle elle était restée si malheureusement liée depuis trois siècles.

En **1250**, s'ouvre la dernière période de l'histoire des communes italiennes; la nationalité paraissait sauvée; le Germain n'était plus là, et il semble que le triomphe du parti guelfe dût ouvrir à l'Italie une carrière nouvelle où la liberté s'alliât avec l'ordre et la paix. Il n'en fut pas ainsi; le patriotisme italien ne s'étendait pas au delà des murs de la cité; les communes, qui s'étaient unies un moment pour résister à un ennemi commun, n'écoutèrent plus que leurs sentiments de rivalité et de jalousie, quand le danger fut passé, et les Guelfes et les Gibelins continuèrent à s'entre-déchirer dans des discordes stériles, dont le sens se perdait davantage de jour en jour et qui n'étaient plus alimentées que par des inimitiés municipales. Le royaume de Naples avait été conquis par Charles d'Anjou, le frère de saint Louis, qui l'avait arraché à Mainfroy, bâtard de Frédéric II, et qui fit régner l'influence française au delà des Alpes; les Guelfes s'attachèrent à lui et devinrent dès lors le parti français. C'est pour leur résister que les Gibelins opprimés, fidèles à leurs sympathies allemandes, rappelèrent au XIVe siècle les empereurs Henri VII et Louis de Bavière, qui rétablirent pour quelques années le pouvoir impérial dans la péninsule. Les Italiens, il faut le dire, ont forgé de leurs propres mains les chaînes sous lesquelles ils gémissent encore. Un seul pouvoir eût pu sauver à l'Italie la honte de ces appels à l'étranger, en offrant un centre à la fédération de ses communes ; c'était la papauté. Il se trouva même à la fin du XIIIe siècle un pape qui avait compris la grandeur de cette mission et qui essaya de l'accomplir ; c'était Grégoire X, dont l'influence pacificatrice fut malheureusement neutralisée par l'ambition de Charles d'Anjou. Mais les beaux jours de la papauté du moyen âge étaient déjà passés ; vint bientôt le temps où les papes prisonniers à Avignon abdiquèrent leur liberté entre les mains du roi de France, et pendant cet exil des pontifes, pendant cette captivité de Babylone, comme l'ont appelée les Italiens, la péninsule tomba définitivement dans une division irrémédiable qui détruisait toute chance d'établir une unité même fédérative. — En même temps que les divers peuples de l'Italie oubliaient ainsi leur communauté nationale, la plupart des cités perdaient leur liberté politique ; celles de la Lombardie étaient déjà presque toutes gouvernées par des tyrans au commencement du XIVe siècle. Tant de dissensions les avaient troublées, qu'on s'étonne peu de les voir abdiquer leur liberté turbulente pour se reposer sous la tyrannie! Les vertus mâles et guerrières qu'elles avaient déployées jadis s'éteignaient d'ailleurs sous le gouvernement des marchands ; les troupes mercenaires, ces *condottieri* qui ont été le plus grand fléau de l'Italie, commençaient à remplacer partout les anciennes gardes nationales qui avaient longtemps combattu seules pour les communes; les bourgeois ne savaient plus défendre leur liberté les armes à la main, signe infaillible qu'ils la perdraient bientôt! En outre, il est certain qu'en beaucoup de villes, comme autrefois dans les cités grecques, le parti populaire soutint les nouveaux gouvernements qui s'élevèrent sur les ruines des républiques. Il en fut ainsi, par exemple, à Milan, où le podestat nommé par le peuple, en 1256, Martino della Torre, se perpétua dans sa charge et gouverna la commune jusqu'à sa mort. Il avait chassé les nobles de la ville et les poursuivit dans leurs châteaux qu'il réduisit; il était aussi l'adversaire de la bourgeoisie; c'était l'homme du peuple. Ses descendants conservèrent le pouvoir jusqu'en 1277, que les Visconti, chefs de l'aristocratie, rentrèrent dans la ville et établirent à leur tour leur tyrannie qui dura jusqu'au milieu du XVe siècle. Les autres villes ne furent pas plus heureuses : les la Scala s'établirent à Vérone, les d'Este à Ferrare, les Gonzague à Mantoue ; Bologne, après avoir essayé de plusieurs tyrans, se soumit aux Bentivoglii; il n'y eut bientôt plus une seule des anciennes communes lombardes qui ne fût métamorphosée en seigneurie. Nous n'avons donc pas à suivre plus loin l'histoire de ces villes ; ce n'étaient plus des communes, c'étaient des principautés. Gênes et Venise seules, les deux rivales, conservèrent leurs titres de républiques, mais ce fut pour tomber sous le joug de l'aristocratie. La première n'en arriva là qu'après de longues révolutions qui lui donnèrent tour à tour pour seigneurs, soit les ducs de Milan, soit les rois de France, soit divers autres princes étrangers ; l'aristocratie vénitienne, au contraire, était entièrement constituée dès la première moitié du XIVe siècle. Dès lors le pouvoir du doge, jadis si étendu, n'était plus qu'une fiction, et le gouvernement était tout entier concentré dans le conseil des Dix.

Nous avons à peine jusqu'ici parlé de la Toscane ; c'est qu'en effet les communes de cette province, sauf Pise, n'avaient occupé, jusqu'au XIIIe siècle, qu'un rang très-secondaire en Italie. A partir de cette époque seulement, elles commencèrent à fleurir. La vie politique, qui s'éteignait en Lombardie, se ranima chez elles, et particulièrement dans la république florentine, qui fut contemporaine des tyrannies lombardes et où se réfugia l'esprit guelfe. Florence fut l'héritière de Milan. Cette ville avait été longtemps gouvernée par des nobles, et ce ne fut que vers 1250 que s'établit dans ses murs un gouvernement populaire qui se perpétua jusqu'au milieu du XVe siècle, époque où s'affermit la domination des Médicis. L'histoire de Florence sera racontée à part dans cet ouvrage. Nous dirons seulement ici qu'en général le pouvoir appartint, dans cette cité, à la classe moyenne. Les *arts* ou corporations étaient au nombre de vingt et un ; mais le gonfalonier de la justice et les prieurs des arts et de la liberté, qui formaient le gouvernement ordinaire de la ville et dont le mode d'élection varia beaucoup, ne pouvaient être choisis que dans les sept arts majeurs, savoir ceux des juges et notaires, des négociants en gros, des banquiers, des fabricants d'étoffes de laine, des fabricants d'étoffes de soie, des épiciers en gros, médecins et merciers, et des fourreurs et pelletiers. Les quatorze arts mineurs et la nombreuse population des ouvriers n'eurent presque jamais aucuns droits politiques, et c'est pour obtenir réparation de cette injustice qu'eut lieu en 1378 la démocratique insurrection des *ciompi* ou cardeurs de laine, qui furent quelque temps les maîtres de la ville : les nobles étaient également exclus du gouvernement. Florence était donc avant tout une république industrielle et commerçante, ce qui ne l'empêcha pas d'être l'asile des sciences et des lettres, le berceau de la peinture, le foyer des beaux-arts, la capitale intellectuelle de l'Europe pendant plusieurs siècles. Elle avait vécu par le commerce, ce furent des commerçants qui l'asservirent; les Médicis sont la seule famille princière qui se soit élevée, non par l'épée, mais par le comptoir. La liberté florentine n'expira pas d'ailleurs sans secousses, et c'est au milieu de son agonie qu'apparaît la figure de Savonarole, le moine tribun, le dernier héros des républiques italiennes. En 1537 seulement, la monarchie fut définitivement établie en Toscane, par le concours de Charles-Quint et du pape Clément VII, qui était un Médicis et qui oublia malheureusement les traditions de la papauté pour servir les intérêts de sa famille.

Espagne. — On sait comment est née et comment a grandi la nation espagnole. Son berceau est dans les montagnes des Pyrénées et des Asturies. C'est de là que les chrétiens, restés à l'abri du joug musulman, sont descendus pas à pas vers le sud, et, avec le secours des armes françaises, ont fait lentement reculer le croissant devant la croix, jusqu'au jour trop longtemps attendu, où a été prise la dernière citadelle maure : les Arabes avaient débarqué en 711, Grenade n'a succombé qu'en 1492. Or, dans cette croisade de huit siècles, à mesure que les chrétiens regagnaient du terrain, les rois établissaient, sur les frontières flottantes et dévastées des deux religions, des centres nouveaux de population, auxquels ils concédaient de grands privilèges sous condition de combattre l'ennemi commun : telle est l'origine des communes espagnoles. — Nous avons dit qu'en général les communes du moyen âge se rattachent au régime municipal romain, comme des branches à leur souche; mais toute règle a ses exceptions, et il faut reconnaître que les communes dont il est ici question ne descendent pas des nombreuses cités que les Romains avaient fondées dans la Péninsule et qui, au rapport de Pline, s'élevaient à 409. Ces cités, aussi célèbres et aussi puissantes que celles des Gaules, s'étaient perpétuées sous la domination des Visigoths, comme les nôtres sous celle des Francs; mais la conquête arabe survint, et plus absolue, plus destructrice que la conquête germaine, elle abolit le régime municipal qu'avaient respecté les barbares. Les communes espagnoles ont donc été fondées sur des bases nouvelles. Il est vrai que les Espagnols avaient conservé les lois des Visigoths, qui n'étaient elles-mêmes qu'une imitation du code théodosien; mais, si le droit romain s'est ainsi conservé dans la législation générale du pays, il est resté beaucoup plus étranger à la législation municipale, qui se trouve dans les chartes des villes et qui a été bien plus inspirée par les besoins de l'époque que par des souvenirs traditionnels. — Les communes espagnoles ont été d'abord des institutions militaires; c'est par là qu'elles se distinguent de celles des autres contrées. La plupart des villes du moyen âge, qui devaient leur grandeur à l'industrie, ont acheté leurs franchises à deniers comptants; celles d'Espagne, qui ont été fondées pour la guerre, ont payé les leurs au prix de leur sang. Etablies dans les déserts qui séparaient les possessions mahométanes des possessions chrétiennes, elles eurent pour but principal d'assurer la garde des pays conquis, et la première obligation de leurs habitants fut un service militaire personnel auquel nul ne pouvait se soustraire. Mais on conçoit que pour peupler ces places de guerre, toujours exposées aux incursions des ennemis, les rois aient dû assurer de nombreux avantages aux familles qui venaient s'y fixer. L'organisation primitive des communes (*poblaciones*) fut en effet très-libérale. Les *communeros* ou *vecinos* (voisins), auxquels étaient ordinairement distribuées des terres, n'étaient tenus envers la couronne qu'à des redevances fixes et généralement très-faibles, et ils participaient à peu près également aux droits civils et politiques, en leur qualité de propriétaires et de contribuables ; les plus riches d'entre eux, ceux qui pouvaient entretenir un cheval de guerre et servir comme cavaliers, étaient même exempts de toute contribution. Ces *caballeros* formaient la classe la plus distinguée des villes, et c'est parmi eux qu'on choisissait presque toujours les magistrats. L'administration de la ville et la répartition de l'impôt étaient d'ailleurs confiées à un conseil municipal électif, qui était aussi chargé de la gestion des biens communaux. Ces biens, que la loi déclarait inaliénables, étaient immenses ; chaque cité, en effet, était le centre d'un vaste district, où l'on ne pouvait bâtir de châteaux ni établir de nouvelles populations sans son agrément, et dont la propriété lui avait été généralement dévolue par suite de l'expulsion des anciens maîtres du sol. Le magistrat le plus puissant de la commune était l'alcade (le *cadi*), dont la charge était annuelle et auquel appartenait le droit de haute et basse justice. Aucun *vecino* ne pouvait être cité devant un autre tribunal que celui de l'alcade, sauf par voie d'appel ; aucun ne pouvait être retenu en état d'arrestation, sans l'aveu du même magistrat, qui avait aussi la faculté d'accorder aux prévenus la liberté sous caution. Le roi était représenté dans chaque ville par un gouverneur politique et militaire (l'*adelantado*), qui veillait au maintien des lois et percevait l'impôt, mais ne devait s'immiscer dans l'administration ni des finances ni de la justice. — Toutes ces franchises, qui sont plus ou moins explicitement exprimées dans les *fueros* et dont le roi était le garant, procurèrent aux villes, malgré les luttes qu'elles eurent à soutenir contre la noblesse, en premier lieu une existence indépendante, et ensuite une prospérité vigoureuse, qui augmenta à mesure que le progrès des armes chrétiennes transporta plus loin le théâtre de la guerre. La nation, qui ne s'était d'abord composée que de deux classes, celle des nobles, soit *ricos homes*, soit *hidalgos*, et celle des serfs, s'accrut ainsi d'un nouvel élément, celui des artisans et des cultivateurs libres, qui se développa dans les communes et qui se fortifia par l'accession d'un grand nombre d'émigrants dont la plupart étaient Français. Le besoin de remplir les vides de la population était d'ailleurs si grand, qu'en beaucoup de lieux les juifs obtinrent le droit de se constituer en corporations particulières et d'avoir leurs magistrats nationaux ; les chrétiens qui se dérobaient au joug des Maures avaient souvent aussi leur existence à part sous le nom de *Mozarabes*, et il y avait même, dans beaucoup de villes de l'Espagne chrétienne, des quartiers affectés aux mahométans qui consentaient à vivre sous la domination de leurs vainqueurs. Ce mélange de populations différentes d'origine et de culte est, après l'esprit militaire, le caractère le plus distinctif des communes espagnoles. — Dès le XIIIe siècle, ces communes jouissaient pleinement du droit d'envoyer des représentants aux cortès, où elles avaient été appelées pour consentir de nouveaux impôts, et il y a même des exemples de cette coutume qui remontent au siècle précédent. On voit que l'admission du tiers état dans les parlements nationaux eut lieu plus tôt en Espagne qu'en France et en Angleterre; malheureusement ce droit, dont toutes les communes paraissent d'abord avoir joui, fut plus tard restreint aux villes principales. Tout ce que nous venons de dire s'applique particulièrement aux royaumes de Léon et de Castille ; mais il en fut à peu près de même tant en Aragon, où toutefois l'influence de la noblesse fut plus marquée, qu'en Portugal. — Les XIIIe, XIVe et XVe siècles sont l'âge d'or des communes de la Péninsule ; c'est dans cette période que leur population et leurs richesses s'accroissent sans cesse ; c'est alors que les manufactures de Ségovie, de Tolède, de Cordoue, de Séville rivalisent avec celles de la Flandre et de l'Italie, et que les coutumes maritimes de Barcelone sont adoptées par tout le commerce de la Méditerranée. En même temps les villes se liguent entre elles pour défendre leurs franchises contre les empiétements de la noblesse et garantir la sécurité publique que le faible pouvoir des rois ne savait pas assurer. Les villes d'Aragon avaient contracté une union de cette sorte dès 1260, et celles de Castille dès 1295. Les priviléges communaux profitaient pourtant de moins en moins, il faut le reconnaître, à la masse du peuple; l'administration et les honneurs s'étaient peu à peu concentrés dans les mains de quelques magistrats dont les offices étaient devenus viagers; une plèbe, composée de nouveaux venus, s'était formée dans les communes au-dessous de l'ancienne bourgeoisie, dont les propriétés avaient naturellement acquis plus de valeur par les progrès de la paix et de l'industrie et qui avait formé presque partout une aristocratie municipale, composée surtout de *caballeros*. Les communes passaient ainsi insensiblement de leur démocratie primitive à un régime oligarchique, transformation qui s'est opérée dans plusieurs circonstances analogues et à laquelle semblent condamnées les petites républiques. — C'est au commencement du règne de Charles-Quint que la liberté des communes jeta dans la Péninsule son dernier éclat. On connait la révolte que suscitèrent les préférences de Charles pour les Flamands, ses compatriotes, et ses tentatives pour extorquer aux villes de nouveaux impôts. Padilla fut le chef et le héros de cette insurrection, pour laquelle il mourut et qu'illustra surtout le courage de sa veuve, dona Maria Pacheco, mais qui fut écrasée par le concours de la noblesse et de la royauté. Dès lors la monarchie absolue s'enracina en Espagne; les cortès, réduites aux députés de quelques villes, ne conservèrent que des droits illusoires qu'elles perdirent même à l'avénement de la maison de Bourbon, et la nation s'affaissa chaque jour davantage sous la lourde pression d'un pouvoir qui n'avait su fonder la paix que sur la ruine de toute liberté politique et l'anéantissement de la vie nationale. Les institutions municipales ne périrent pourtant pas toutes dans ces siècles de décadence; elles existent encore aujourd'hui en partie, et il y a quelques années à peine que nous avons vu éclater une révolution, pour empêcher l'abolition des *ayuntamientos*, que le gouvernement voulait faire passer sous le niveau de la centralisation moderne.

Allemagne. — Une faible partie des villes allemandes date de l'empire romain; ce sont les plus célèbres de toutes, celles qui sont situées à l'ouest du Rhin. L'origine de presque toutes les autres ne remonte pas plus haut que le dixième siècle, époque où Henri l'Oiseleur, pour arrêter les incursions des Hongrois, bâtit un grand nombre de places de guerre et y établit de force la neuvième partie des nobles et des hommes libres. Ces deux classes de villes sont longtemps restées distinctes. Les cités des bords du Rhin dépendaient généralement du domaine impérial; elles conservèrent le régime municipal ancien, comme dans le reste des Gaules, et leur histoire primitive ressemble beaucoup à celle des cités de notre pays. Le pouvoir épiscopal s'y étendit et s'y consolida après la division de l'empire de Charlemagne, surtout quand les Ottons eurent confié aux évêques l'avouerie ou la lieutenance impériale des principales d'entre elles. Dans le reste de la Germanie, les villes étaient moins nombreuses. Elles ne jouirent longtemps que de priviléges moins étendus, et restèrent comprises dans les gouvernements des ducs et des comtes. Leur population se composait de trois éléments différents, de nobles qui remplissaient presque toutes les magistratures, de francs-bourgeois et de serfs. Ces derniers, qui exerçaient tous les métiers et n'allaient pas à la guerre, ne participaient en rien aux droits des citoyens; tout mariage entre eux et les familles des francs-bourgeois était même interdit par la loi; ils étaient sans doute, pour la plupart, les descendants des esclaves que les premiers citoyens avaient amenés dans les villes. La condition des classes inférieures n'était pas meilleure, du reste, dans les cités d'origine romaine. En somme, les communes allemandes, dans ces premiers temps, n'étaient donc que des corporations aristocratiques, généralement peu puissantes, que les officiers de l'empire gouvernaient avec le concours des citoyens, et dont les plus riches et les plus anciennes étaient soumises aux évêques. — Il en fut ainsi jusqu'au XIIe siècle, où les empereurs embrassèrent une politique analogue à celle des rois de France, et étendirent sur les villes une protection efficace, particulièrement sur celles de leur domaine. D'une part, ils restreignirent autant qu'ils purent l'autorité des évêques, et leur enlevèrent généralement le pouvoir politique et la juridiction, dont héritèrent soit les citoyens, soit les officiers de l'empereur. D'autre part, ils affranchirent dans beaucoup de cités les gens de métier, qui commencèrent à se former en *tribus* ou communautés et jouirent dès lors de la liberté de leurs personnes et de leurs biens. La commune se trouva ainsi fortifiée par l'accession d'une classe nouvelle. Henri V et Frédéric Barberousse, le même empereur qui combattit avec tant d'acharnement les communes italiennes, furent surtout fidèles à un système si favorable à la puissance impériale, dont les villes étaient les clientes. Ces innovations sont contemporaines de notre révolution des communes; mais en Allemagne les tribus des artisans étaient encore exclues de l'administration communale, qui resta concentrée entre les mains des nobles et des francs bourgeois, tandis que dans nos communes il n'y avait ni plèbe ni patriciat, et que tous les citoyens y étaient égaux en droits. Toutefois les villes allemandes entrèrent dès lors dans une voie de prospérité et d'agrandissement; elles devinrent un lieu d'asile où se réfugièrent les serfs. Il y a quelques statuts des empereurs de cette période qui accordent la liberté à ces serfs qui se sont réfugiés dans les villes et y ont demeuré un temps déterminé sans avoir été réclamés par leurs maîtres. On devait les incorporer dans les *tribus*. Ces fugitifs n'étaient pourtant pas ordinairement confondus avec les autres habitants; ils ne résidaient pas dans la ville et s'établissaient, au dehors, entre les murailles et les palissades extérieures. De là le nom de *pfalburg* (faubourg), bourg des palissades, et celui de *pfalburger*, bourgeois des palissades. La noblesse fit, plus tard, rendre une grande quantité de lois pour faire fermer ces asiles; mais leur nombre même prouve qu'on ne les observait guère. Il ne faut pas confondre les *pfalburgers* avec les *usburgers*, ou bourgeois externes : ceux-ci étaient des étrangers, et souvent même des seigneurs, qui s'alliaient avec les villes et y obtenaient le droit de bourgeoisie, sans être tenus de s'y établir. Le nombre des habitants s'accroissait ainsi rapidement dans les villes; l'exercice des métiers n'y était plus flétri comme une occupation servile; le commerce s'y développait, et les communes se préparaient au grand rôle qu'elles allaient jouer dans l'époque suivante. — Toutes ces villes étaient restées soumises, soit au pouvoir impérial, si elles étaient immédiates, soit à celui des princes dans les Etats desquels elles étaient situées. Ce n'est qu'au XIIIe siècle que la plupart d'entre elles, et surtout les premières, deviennent souveraines. Presque tous les droits régaliens leur sont alors abandonnés; la juridiction civile et criminelle tout entière est attribuée à leurs magistrats; elles s'affranchissent même de tout tribut envers l'empire; en un mot, elles se constituent en républiques. Cette transformation était un résultat naturel de l'affaiblissement du pouvoir impérial. Dans le grand interrègne surtout, quand le désordre s'étendit dans tout l'empire et que toute police disparut, ne fallait-il pas que les cités, laissées à elles-mêmes, se chargeassent de veiller, par leurs propres forces, à leurs intérêts et à leur sûreté? Elles s'emparèrent de tous les droits de la souveraineté, en même temps que les princes et à meilleur titre qu'eux. Ce fut aussi la nécessité qui engendra les ligues, que les villes firent entre elles pour réprimer les brigandages des nobles et dont le premier exemple remonte à 1225. La grande ligue du Rhin, conclue en 1255, à la tête de laquelle se mirent les princes ecclésiastiques, comprenait soixante villes, toutes situées sur les bords du fleuve, depuis Zurich jusqu'à Cologne; elle était dirigée par une diète qui s'assemblait tous les trois mois. Le nombre des villes impériales d'ailleurs fut, peu après, doublé et triplé par l'extinction des duchés de Souabe et de Franconie, qui faisaient partie de l'héritage des Hohenstauffen. Toutes les villes de ces provinces s'arrogèrent une pleine immédiateté, et firent cause commune avec celles qui avaient toujours joui de ce privilége, quoiqu'elles eussent un rang moins élevé dans l'opinion. Elles n'eurent que le titre de villes impériales, tandis que les autres s'appelèrent les villes impériales *libres*, en signe de leur immunité financière. — Une grande révolution intérieure accompagna ou plutôt suivit cette extension de l'indépendance municipale. Toutes les charges publiques et tout le gouvernement des cités étaient restés jusqu'alors en possession des francs-bourgeois et surtout des nobles, qu'on appelait ordinairement les *monnayeurs*, parce qu'ils avaient le droit de faire battre monnaie. Au XIVe siècle, les simples citadins furent admis aux emplois publics; les tribus ou corporations entrèrent en partage des droits politiques, et les commerçants et fabricants obtinrent dès lors une influence prépondérante : le corps de chaque commune, qui était auparavant divisé en trois classes, se fondit ainsi en une seule masse. C'était un grand progrès qui contribua beaucoup à développer la prospérité des villes et assura la grandeur du tiers état germanique. — Voici, d'après Hullmann, les dates de l'admission des représentants des corporations dans les conseils de plusieurs villes importantes; cette admission ne fut obtenue qu'après de longues luttes. — Villes épiscopales : Ratisbonne, 1333; — Augsbourg, 1368; — Constance, 1342, 1370, 1429; — Bâle, 1323, 1354; — Strasbourg, 1332; — Spire, 1304, 1327; — Worms, 1300; — Mayence, 1332; Cologne, 1377, 1396. — Villes royales : Nuremberg, 1378; — Francfort-sur-le-Mein, à peu près à la même époque; — Aix-la-Chapelle, 1428. — Pendant que l'élément communal se dégageait de la féodalité dans le midi et l'ouest de l'Allemagne, la ligne hanséatique opérait une transformation analogue dans le nord, où elle commença de s'établir vers le milieu du XIIIe siècle. Une alliance entre la ville de Lubeck et quelques cités voisines, pour le maintien de la sûreté du commerce et la destruction d'une troupe de pirates, en fut la première origine. Bientôt l'on vit y accéder les villes les plus riches et les plus puissantes de ces contrées, et plus de quatre-vingts communes entrèrent dans cette confédération, qui monopolisa presque tout le commerce du Nord, domina dans la Baltique et fit trembler les rois de Suède et de Danemark. Les villes liguées furent distribuées en quatre classes : Lubeck, qui présidait à toutes les assemblées générales, fut à la tête de la première; Cologne, Brunswick et Dantzick obtinrent la préséance dans les trois autres. Des comptoirs généraux furent établis dans les villes de Londres, de Bergen, de Novogorod et de Bruges, où les marchands hanséatiques jouissaient de grands priviléges et formaient des corporations séparées, à peu près comme font aujourd'hui les négociants français dans les échelles du Levant. La Hanse conserva sa puissance jusqu'au XVIe siècle. Son histoire sera racontée à part. — Il semble que les villes d'Allemagne auraient dû arriver à une indépendance complète, comme celles d'Italie; mais tandis que la confédération italienne, qui n'eut jamais qu'un chef étranger, ne put se reconstituer après s'être délivrée des Allemands, la confédération germanique, qui avait un chef national, se perpétua, et les villes y restèrent agrégées. Elles y tinrent même une place importante; elles furent des Etats de l'empire, et leur collége prit rang à la diète, après ceux des électeurs et des princes. On ne peut pas fixer exactement l'époque où elles furent admises dans cette assemblée générale de la nation allemande. Elles paraissent en avoir fait partie dès le XIIIe siéle; mais ce n'est qu'en 1342, sous Louis de Bavière, qu'elles y obtinrent un suffrage décisif. Il est remarquable que ce droit de suffrage ne leur fut ainsi légalement reconnu que pour fortifier par leur concours le pouvoir impérial qui était en lutte avec celui du pape, absolument comme le tiers état en France ne fut définitivement appelé aux états généraux que pour donner un appui à Philippe le Bel contre Boniface VIII. La bulle d'or, la loi fondamentale de l'empire, ne fut arrêtée et publiée, en 1355, que du consentement des électeurs, des princes, des comtes, de la noblesse et des *villes*. — Quoique les communes allemandes se trouvassent représentées dans les institutions générales, elles n'en persistaient pas moins dans leurs ligues, qui leur assuraient une défense plus efficace contre les entreprises des princes voisins et les pillages et les extorsions de la noblesse. Les seigneurs, de leur côté, firent entre eux des confédérations. De là, des luttes fréquentes qui amenèrent à la fin du XIVe siècle une longue guerre civile qui désola la Souabe et les bords du Rhin. Cette guerre fut malheureuse pour les villes; la désunion se mit entre elles; leurs troupes moins aguerries furent battues à diverses reprises par la noblesse féodale, et leurs ligues, dont l'empereur prononça la dissolution solennelle, ne se relevèrent jamais de ce coup. Une institution nouvelle qui fut l'œuvre du XVe siècle, celle des cercles, les rendit bientôt, d'ailleurs, à peu près inutiles. Les cercles étaient de petites confédérations dans le sein de la grande, dont les magistrats étaient chargés de faire respecter la paix et d'empêcher les guerres privées; les villes qui y entrèrent et y trouvèrent un moyen légal de protéger leur commerce et de défendre leurs droits renoncèrent dès lors à repousser par la force les attaques de leurs ennemis, et oublièrent de plus en plus les traditions belliqueuses du moyen âge, où chacun devait combattre pour sa propre sécurité. — Depuis cette époque, et surtout quand les dissensions religieuses viennent absorber toute l'activité nationale, l'histoire des communes allemandes offre de moins en moins d'intérêt. La plupart d'entre elles embrassèrent le protestantisme, qui fut presque toujours introduit dans les cités par une décision des pouvoirs municipaux, du *magistrat*, comme on disait au XVIe siècle. Le luthéranisme devenait ainsi la religion de la commune, et tous les citoyens qui restaient fidèles à l'Eglise perdaient leurs droits politiques et étaient même le plus souvent bannis. Cette révolution religieuse ne fut pas, du reste, favorable à l'émancipation populaire. Les tendances démocratiques, qui s'étaient fait jour aux XIVe et

XVe siècles, dans la période la plus agitée et la plus prospère des communes allemandes, furent arrêtées et confisquées au profit d'une aristocratie bourgeoise, qui se consolida dans toutes les villes et se perpétua jusqu'à la révolution française. Les anciennes corporations devinrent de plus en plus inaccessibles à ceux qui leur étaient étrangers de naissance; les riches monopolisèrent de nouveau toutes les fonctions publiques, et la plèbe resta soumise à un patriciat mesquin qui n'avait pour lui ni l'autorité des souvenirs ni la grandeur morale. La condition du peuple des villes, celle surtout des paysans de leur territoire, devint certainement alors inférieure à celle des sujets des monarchies. — C'est dans la Suisse où les cités avaient étendu leur pouvoir sur tout le pays, sauf les cantons forestiers, qu'apparaît le mieux l'égoïsme exclusif de ces petites noblesses qui avaient accaparé tout le pouvoir. Rien de plus triste que la situation politique de cette contrée dans les derniers siècles. Sans parler des rivalités cantonales, de la diversité des lois et des coutumes, de la multiplicité des lignes de douanes et de tous les troubles qu'entraînait le fédéralisme absolu qui régnait dans ce pays, sans compter tous ces maux, l'oppression des paysans, l'énormité des impôts qui pesaient sur eux, l'assujettissement des villes secondaires, les monstrueux privilèges réservés aux cités souveraines, leur exemption de tout impôt, et l'interdiction de toute fabrication et de tout commerce dans les campagnes, avaient été les résultats définitifs du gouvernement des patriciats municipaux.

HONGRIE. — POLOGNE. — SCANDINAVIE. Dans tous ces pays les communes ont été formées par des colonies allemandes, qui s'y sont établies, surtout aux XIIIe et XIVe siècles, et ont souvent excité la jalousie des nationaux. Les corporations municipales en Pologne étaient régies par le droit teutonique; chacune d'elles avait son administration libre et ses tribunaux; elles furent représentées à la diète dès le XIVe siècle. La nation polonaise s'est beaucoup plainte de cette intrusion dans son sein d'une population étrangère, dont la présence, en effet, a empêché la formation d'un tiers état national. L'histoire de la Hongrie, sur ce point, ressemble beaucoup à celle de la Pologne. Dans les pays scandinaves et sur tous les bords de la Baltique, la plupart des villes ont été fondées par la Hanse.

PAYS-BAS. — Ces contrées sont restées presque entièrement couvertes de forêts et de marécages jusque vers le XIe siècle; la civilisation romaine ne s'y était pas enracinée comme dans le reste des Gaules, et le christianisme n'y pénétra que fort tard; au VIIe siècle, saint Eloi y trouvait encore le paganisme plein de vie. Dès 1127, pourtant, lors de l'assassinat du comte de Flandre, Charles le Bon, on voit apparaître sur la scène politique des villes nombreuses, dont les commencements sont fort obscurs, mais dont l'importance s'accroît sans cesse depuis cette époque. — Parmi ces villes, les unes, qui avaient été primitivement des *villæ* impériales, étaient soumises aux comtes; d'autres dépendaient des grandes abbayes, qui furent les premiers foyers de la civilisation du pays, et beaucoup étaient tombées, à l'avénement de la féodalité, sous la domination de châtelains qui y exerçaient une autorité presque absolue. Dans la plupart, pourtant, l'antique institution des échevins s'était perpétuée. On sait que, dans les coutumes germaniques, tous les hommes libres étaient organisés, par cantons, en associations souveraines qui décidaient de la justice et des intérêts publics; c'est de là que vint en partie l'échevinage, qui se développa surtout dans les pays où la population était en majorité d'origine germaine, comme les Pays-Bas. Mais les institutions barbares s'étaient grandement altérées au contact de la société romaine. Au temps de Charlemagne, les anciennes assemblées étaient déjà tombées en désuétude, et les officiers impériaux, pour rendre la justice, avaient dû se contenter du concours de quelques hommes libres (*scabini*), qu'ils choisissaient et dont ils présidaient la réunion. Devenus indépendants, les seigneurs n'avaient pas agi autrement, et les tribunaux des échevins, qu'ils constituaient à leur gré, avaient ainsi presque entièrement perdu leur caractère primitif. La grande masse de la population en était d'ailleurs totalement exclue; les *ingénus*, les propriétaires libres, les descendants des conquérants pouvaient seuls en faire partie. — Cette domination seigneuriale, tempérée par les traditions de l'échevinage, est le premier état où vécurent les villes des Pays-Bas; mais elles ne tardèrent pas à en sortir. Différents droits leur furent concédés, comme la faculté d'ouvrir des halles et marchés, la liberté de la pêche, l'exemption des péages et diverses autres immunités financières. Les tailles et les peines arbitraires furent remplacées par des redevances fixes et des amendes déterminées. La condition civile des habitants s'améliora aussi : la servitude et les redevances serviles furent supprimées, et tous les bourgeois acquirent la liberté de disposer librement de leurs biens; les seigneurs ne se réservaient que des droits fiscaux, qui devaient leur être payés en plusieurs cas, en cas de mariage, par exemple, ou de vente, ou de succession. En même temps les institutions municipales commençaient à se développer, et à côté de l'échevinage s'élevait une autre institution plus populaire, celle d'un conseil, qui fut chargé surtout de l'administration. Il y eut ainsi deux corps de magistrats dans chaque ville: d'une part les échevins, qui étaient ordinairement à vie, et de l'autre les conseillers, dont les fonctions étaient annuelles. Ces derniers sont désignés, dans les monuments de l'époque, sous le nom de *choremanni*, et leur assemblée s'appelle la *chora*, noms qui viennent du verbe flamand *keuren*, choisir, élire; ces magistrats étaient, en effet, les élus de la ville. Le mot de *keuren* s'appliqua plus tard, par extension, à la loi elle-même, à la franchise. — Ces priviléges, qui furent surtout accordés aux villes de Flandre, et qu'on trouve énumérés dans un grand nombre de chartes du XIIe et du XIIIe siècle, ne furent pas conquis par la violence; ils furent plutôt le produit d'un développement continu et régulier, et les comtes de Flandre, les abbés de Saint-Bertin et les autres grands seigneurs du pays ne paraissent pas généralement avoir entravé ces premiers progrès de la bourgeoisie, auxquels ils durent un immense accroissement de réputation et de revenus; ils y aidèrent même plutôt; c'est ainsi qu'ils étendirent ces avantages à beaucoup de villes nouvelles, que la liberté peupla et enrichit rapidement. — Mais, malgré ces innovations, les seigneurs avaient jusque-là conservé leur souveraineté dans les villes; c'était en leur nom qu'on agissait dans les actes publics. Leur domination ne déclina que peu à peu; leurs délégués, qui présidaient les deux conseils, furent réduits à une voie consultative, et les échevins devinrent à leur tour, au moins dans les grandes villes, des magistrats élus et annuels. Dès lors, la commune se dégagea de plus en plus de la souveraineté seigneuriale; elle se constitua à part; elle eut une caisse publique, une maison de ville, un sceau, et, dans les pays qui relevaient de la couronne de France, il y eut d'elle au roi une féauté immédiate. Tous ces changements étaient accomplis vers le milieu du XIVe siècle; les guerres des rois de France contre les comtes de Flandre, et plus encore les troubles de l'empire, en avaient hâté la conclusion.

Les communes étaient ainsi arrivées à l'indépendance; mais la liberté n'avait pas également profité à toutes les classes de citoyens, comme chez nous; loin de là. Il y a eu dans les Pays-Bas une puissante aristocratie municipale analogue à celle de l'Allemagne. Les possesseurs des fiefs enclavés dans le territoire des villes y tenaient le premier rang. Ces nobles ne paraissent pas avoir partagé les préjugés de leur époque; ils s'adonnèrent bientôt au commerce, ils se lancèrent dans l'industrie, et de là vient sans doute que, dans les villes de Flandre surtout, il n'y eut pas entre la noblesse et la haute bourgeoisie les luttes qu'on voit si souvent ailleurs, et qu'on voit même à Bruxelles et à Louvain, où les patriciens ne faisaient pas le commerce. C'est à une famille de cette classe qu'appartenait le fameux Arteveld. Presque sur la même ligne se trouvaient les corporations des métiers de première classe; celles des brasseurs, des bouchers, des orfévres, des armuriers et particulièrement des fabricants de drap. C'est dans le sein de cette bourgeoisie riche et industrieuse qu'étaient concentrés les priviléges communaux; ses membres seuls participaient aux droits politiques; eux seuls pouvaient entrer dans les conseils. Le peuple proprement dit, les corporations inférieures, les *minores* ne jouissaient que des droits civils, et encore restèrent-ils longtemps soumis aux redevances féodales; beaucoup même durent, pendant des siècles, payer une capitation, impôt qui était comme le prix de leur liberté et qui rappelait toujours leur servitude primitive. — Une inégalité aussi marquée devait nécessairement produire de longues dissensions; ce fut dans le XIVe siècle qu'elles éclatèrent, à cette époque si pleine de troubles où la force démocratique faisait partout explosion, en Suisse comme en Angleterre, en France comme en Italie. Les corps de métier réclamèrent pour leurs chefs le droit d'entrer dans les conseils des villes, et comme les patriciens repoussèrent ces prétentions, il résulta de cette opposition de longues guerres intestines qui déchirèrent plus ou moins toutes les cités des Pays-Bas, et qui se compliquèrent, en outre, des luttes extérieures que les communes avaient à soutenir contre la noblesse purement féodale. A Gand, Jacques Arteveld fit composer, en 1343, le conseil de la ville de trois membres, 1° des représentants de l'ancienne commune (*poortëyren*), 2° de ceux des métiers (*ambachten*), 3° de ceux des tisserands en laine (*woolle wevers*) qui formaient la masse de la population. Des tentatives analogues se manifestèrent partout; mais elles n'eurent qu'un succès momentané, et la démocratie n'était pas parvenue à s'établir solidement dans les villes, quand, à la fin du XIVe siècle, la maison de Bourgogne commença à s'étendre dans les Pays-Bas. Cinquante ans après, elle y était devenue assez puissante pour que Philippe le Bon et Charles le Téméraire entreprissent, sans pouvoir être accusés de présomption, de créer entre la France et l'Allemagne un royaume intermédiaire qui se serait étendu du Rhin à l'Océan. — Devant une puissance aussi redoutable, les municipalités reculèrent; elles ne perdirent pas leurs franchises civiles ni leurs libertés locales, mais leurs immunités financières furent compromises, et leur indépendance, qui jusqu'alors avait toujours été en croissant, s'effaça devant l'autorité supérieure de l'Etat. En même temps le mouvement démocratique fut comprimé. Les villes obtinrent par là une tranquillité et une paix inaccoutumées, mais leur prospérité décrut en même temps, surtout quand des hasards de succession eurent donné les Pays-Bas à l'Espagne et y eurent éteint toute vie nationale. Le commerce et l'industrie des bords de l'Escaut et de la Meuse étaient déjà en décadence avant les découvertes de Gama et de Colomb, qui contribuèrent tant à les ruiner, et avant les troubles du protestantisme.

Il nous reste à dire quelques mots de cette industrie et de ce commerce qui avaient valu aux Pays-Bas, et surtout aux Flandres, tant de puissance et de richesses. La fabrication des étoffes de laine, qui florissait dès le XIIe siècle, en fut toujours la base principale. On conçoit qu'à une époque où le coton et la soie étaient presque inconnus, et où l'usage du linge était rare, cette industrie aurait pu suffire à la prospérité d'un peuple; mais les Flandres puisaient, en outre, à d'autres sources de richesses, sans parler de leur agriculture. Leurs villes, Bruges entre autres, étaient les entrepôts du commerce de toute l'Europe septentrionale; c'est là que s'échangeaient les marchandises de la Baltique contre celles de la Méditerranée, et les produits de l'Orient contre ceux du Nord. Un passage fameux de l'annaliste des Flandres, Meyer, donne quelque idée de l'activité commerciale qui régnait dans son pays : « Tous les royaumes de la chrétienté, dit-il, et les Turcs eux-mêmes, furent affligés de la guerre qui éclata, en 1380, entre les villes de Flandre et leur comte Louis; car la Flandre était alors un marché fréquenté par les commerçants de toutes les parties du monde. Des négociants de dix-sept royaumes différents avaient leur domicile à Bruges, sans compter les étrangers, qui y affluaient de pays presque inconnus. »

ANGLETERRE. — La conquête des Anglo-Saxons, malgré sa rigueur et quoiqu'elle ait presque complétement aboli le christianisme dans la plupart des provinces de la Grande-Bretagne, ne détruisit pas toutes les nombreuses cités que les Romains avaient fondées jusqu'aux extrémités les plus reculées de l'île, et n'effaça pas tous les vestiges du régime municipal dont elles avaient été dotées. Ces cités purent même se relever un peu de leur abaissement, après les jours désastreux de la conquête, quand la foi chrétienne eut été rétablie dans le pays au VIIe siècle. Les lois de plusieurs rois saxons font une mention expresse de la juridiction particulière que ces villes avaient conservée, et qui leur donnait une place à part dans l'organisation générale des centuries saxonnes. Beaucoup de villes célèbres de l'Angleterre, Londres et York, entre autres, peuvent ainsi faire remonter, sans interruption, et leur existence et leurs libertés jusqu'aux temps antiques où la première était une colonie et la seconde un municipe du grand empire. — Ce n'est toutefois que sous la domination des rois normands que les communes proprement dites commencèrent à se développer en Angleterre avec la richesse et le commerce. Nos historiens modernes, et M. Thierry surtout, n'ont pas rendu à la conquête normande la justice qu'elle mérite; ils ont soigneusement décrit les maux passagers qu'elle entraîna, mais ils en ont oublié les bienfaits. L'Angleterre lui dut le gouvernement le plus régulier qu'ait connu le moyen âge; elle fut rattachée à la chrétienté continentale dont elle avait jusqu'alors été toujours isolée; elle devint, pour ainsi dire, une colonie française, et ses mœurs et ses lois perdirent l'empreinte barbare qu'elles avaient reçue des Saxons. Les villes grandirent d'autant plus rapidement sous ce nouveau régime, qu'elles restèrent, pour la plupart, immédiatement soumises au pouvoir de la couronne. Dans les autres pays de l'Europe, les villes étaient le plus ordinairement comprises dans les domaines des seigneurs féodaux; celles d'Angleterre n'eurent le plus souvent que le roi pour seigneur. On comprend aisément la cause de cette différence. La noblesse anglaise a été, et l'on peut dire qu'elle est encore toute-puissante *en corps;* mais les barons, qui tiraient tous leurs droits d'une concession royale et entre lesquels n'existait pas la même inégalité que sur le continent, n'ont jamais été souverains chacun dans sa province, comme nos ducs et nos comtes, et leurs droits seigneuriaux n'ont pu s'étendre que sur les villes les moins grandes et les moins riches: Guillaume et ses successeurs s'étaient réservé les autres. Cette *immédiateté* des principales communes anglaises les rapproche des communes de la France du nord, avec lesquelles elles ont d'ailleurs bien d'autres traits de ressemblance; comme celles-ci, en effet, elles ont été exclusivement industrielles et bourgeoises et sont toujours restées subordonnées aux pouvoirs généraux de l'Etat. Qu'on ne cherche donc pas ici l'intérêt dramatique qu'offre l'histoire des cités italiennes! Les villes anglaises ne se sont jamais métamorphosées en Etats souverains; elles n'ont pas fait la paix et la guerre; elles n'ont pas connu les luttes sanglantes du patriciat et de la plèbe; elles n'ont pas eu de poëtes ni d'artistes. Peuplées seulement de négociants et d'artisans, elles n'ont grandi que par le commerce et par l'industrie; leur développement s'est opéré sans révolutions et sans bruit, et elles n'ont pas même eu besoin de conquérir leurs franchises par le glaive, comme quelques-unes de nos communes; elles les ont achetées à prix d'argent. — C'est ainsi que beaucoup d'entre elles se sont d'abord rachetées des taxes féodales que leur imposaient arbitrairement, soit le roi, soit les seigneurs, et en ont obtenu la conversion en un impôt fixe, dont la répartition et la levée étaient confiées à leurs propres agents, et c'est de la même manière que, dans les XIIe et XIIIe siècles, elles ont, en général, profité des embarras financiers de la couronne, pour se faire octroyer des chartes analogues à celles des rois de France. Ces chartes, d'ailleurs, sanctionnaient plutôt des libertés antiques qu'elles n'en établissaient de nouvelles, et il y a des villes qui s'en sont passées et n'en ont pas moins joui des mêmes priviléges que les autres, sans avoir à alléguer d'autre titre que la coutume. Les clauses les plus ordinaires des chartes communales consistaient dans le règlement des droits du roi ou du seigneur, dans la fixation des redevances, dans la confirmation d'une administration élective et de tribunaux également électifs, dont les bourgeois ne pouvaient être distraits ni au civil ni au criminel; la haute juridiction et le jugement sur appel restaient pourtant au roi. Quant au droit de porter les armes, il n'eut jamais, dans un pays que sa situation insulaire a presque toujours mis à l'abri des invasions, une importance aussi capitale qu'en France; les milices des communes anglaises n'ont jamais eu, comme les nôtres, à combattre l'étranger et n'ont joué un rôle que dans les guerres civiles. Nous devons ajouter qu'à cette époque tous les bourgeois entraient ordinairement dans la commune et participaient également aux droits civils et politiques, pourvu qu'ils eussent une propriété dans l'enceinte de la ville et payâssent leur quote-part de l'impôt; les corporations marchandes, qui avaient leurs statuts et leurs tribunaux spéciaux, avaient aussi une grande part dans l'administration des villes. — Ces priviléges et ces franchises, qui furent expressément confirmés pour toutes les villes et tous les bourgs d'Angleterre, et nommément pour Londres, par la grande charte du roi Jean, reçurent une sanction définitive et plus efficace encore par l'admission des députés des communes au parlement national. On dit ordinairement que ce fut Simon de Montfort, comte de Leicester, le chef de la noblesse révoltée, qui, en 1264, dans la 49e année du règne de Henri III, appela pour la première fois deux députés de chaque ville ou bourg au conseil général que formaient les prélats, les pairs laïques et les députés de la noblesse inférieure ou des comtés; mais il paraît certain que les représentants des villes et des bourgs y avaient été déjà appelés antérieurement pour consentir de nouvelles taxes. Quoi qu'il en soit, cet usage prit dès lors force de loi; et, sauf quelques interruptions passagères, les représentants des communes eurent toujours, depuis cette époque, leur entrée au parlement, où ils s'unirent aux représentants des comtés pour former la chambre basse. — Nous ne suivrons pas plus loin l'histoire des communes d'Angleterre, dont les destinées se sont confondues de plus en plus avec celles de la nation; nous ferons remarquer seulement que les villes anglaises ont mieux défendu leurs priviléges que les nôtres et qu'elles ont même continué à en jouir jusqu'à nos jours, persévérance dont elles ne se glorifient pas sans raison, mais qui n'a peut-être pas été heureuse pour le pays, où elle a empêché l'établissement d'une administration uniforme et centralisée, semblable à celles que les monarchies ont fondées chez d'autres peuples. La liberté anglaise n'a jamais su se concilier avec l'égalité. Les priviléges municipaux sont d'ailleurs devenus de moins en moins utiles aux classes populaires; ils ont été le plus souvent confisqués au profit des propriétaires qui ont envahi toutes les charges municipales, et ils n'ont servi, en beaucoup de lieux, dans les petites villes surtout, qu'à la fortune politique de quelques familles qui se les sont pour ainsi dire appropriés. Les bourgs pourris, auxquels le bill de réforme a enlevé leurs droits électoraux, étaient d'anciennes communes. — La liberté municipale n'est pas moins ancienne en Écosse qu'en Angleterre. Les lois des bourgs, recueillies par David Ier, qui régna de 1124 en 1153, offrent le tableau d'une organisation indépendante qui rappelle en beaucoup de points celle des cités romaines. On y trouve, entre autres, l'institution d'un défenseur du peuple, qui, sous le nom de *prœco* ou de *sergandus*, avait pour mission de protéger les citoyens, même contre l'arbitraire des magistrats municipaux. Ceux-ci étaient élus par le conseil de la communauté, qui se composait de l'aristocratie de la ville et paraît représenter l'ancienne classe des décurions. Les bourgs d'Écosse, dont les lois se modelèrent naturellement plus tard sur celles des villes d'Angleterre, ont envoyé des représentants au parlement au plus tard en 1326. Quant à l'Irlande, les villes qui y furent fondées restèrent toujours des colonies anglaises et ont été plus funestes qu'utiles à cet infortuné pays, dont elles ont entravé le développement national.

H. Feugueray.

PARIS. — IMPRIMERIE DE Mlle Ve BOUCHARD-HUZARD, RUE DE L'ÉPERON, 7.

www.ingramcontent.com/pod-product-compliance
Lightning Source LLC
Chambersburg PA
CBHW061629180626
46818CB00005B/2303
* 9 7 8 2 0 1 1 3 4 7 1 6 9 *